NOITES CRUAS

NOITES CRUAS

JEAN SOTER

Labrador

© Jean Soter, 2024
Todos os direitos desta edição reservados à Editora Labrador.

Coordenação editorial Pamela Oliveira
Assistência editorial Leticia Oliveira, Jaqueline Corrêa
Projeto gráfico e capa Amanda Chagas
Diagramação Estúdio dS
Preparação de texto Mariana Cardoso
Revisão Priscila Pereira Mota
Ilustrações Pedro Graça
Imagem de capa Geradas via prompt Midjourney
e editadas por Amanda Chagas

Dados Internacionais de Catalogação na Publicação (CIP)
Jéssica de Oliveira Molinari - CRB-8/9852

Soter, Jean

    Noites cruas / Jean Soter ; ilustrações de Pedro Graça.
São Paulo : Labrador, 2024.
    192 p.: il.

    ISBN 978-65-5625-472-2

    1. Ficção brasileira I. Título II. Graça, Pedro

23-6180   CDD B869.3

Índice para catálogo sistemático:
1. Ficção brasileira

Labrador

Diretor-geral Daniel Pinsky
Rua Dr. José Elias, 520, sala 1
Alto da Lapa | 05083-030 | São Paulo | SP
contato@editoralabrador.com.br | (11) 3641-7446
editoralabrador.com.br

A reprodução de qualquer parte desta obra é ilegal e configura uma apropriação indevida dos direitos intelectuais e patrimoniais do autor. A editora não é responsável pelo conteúdo deste livro.
Esta é uma obra de ficção. Qualquer semelhança com nomes, pessoas, fatos ou situações da vida real será mera coincidência.

CAPÍTULO 1
ORIGENS

No tempo em que William chegou à cidade, o pasto ainda disputava com a cana a predominância na paisagem. Integrava a primeira turma de migrantes, quando deram a partida na usina.

Fazia muito calor no canavial. A cana chamuscada sujava de fuligem a roupa, conferindo aos cortadores uma aparência trágica e romântica, que lembrava talvez os mineradores de carvão da velha Inglaterra, nos primórdios da Revolução Industrial, imortalizados pela lente de algum fotógrafo talentoso e socialista.

William fez logo uns amigos, e combinavam de parar juntos para almoçar. Trocavam entre si coisas das marmitas: uma coxinha de frango por um pedaço de bife, um ovo frito por uns pedaços de carne de panela, um pouco de abobrinha por uns pedaços de jiló etc.

Na volta do trabalho, depois do banho, reuniam-se no boteco ao lado da pensão.

Nesse boteco, apareciam mulheres, algumas delas cortadoras de cana como eles. Vinham também umas meninas que cobravam pelo amor, um amor muito rápido, no beliche. William teve sua vez, mas se arrependeu: achou que o programa saiu caro demais pra tão pouco tempo. Mas os colegas de quarto pareciam não ter o mesmo zelo pelo dinheiro, tanto que inventaram até uma regra: de quinta a sábado, das sete às dez da noite, se um deles quisesse privacidade, os outros tinham que se ausentar do quarto por uma hora. William foi o único a querer votar contra, mas acabou tendo que aceitar a vontade da maioria.

A farra começou então a correr solta no quarto sete, e William ficava trancado para fora. Como quase nunca fazia programas com as meninas, inventou de vender as horas a que tinha direito, para colegas de outros quartos. Foi uma ideia infeliz, que não compensou a dor de cabeça: abriu o precedente, os demais adotaram o modelo de negócio, e o quarto virou o motel da pensão.

O jeito foi mudar-se. Como justificativa, para evitar possíveis ressentimentos — William entendia-se bem com os colegas de quarto —, defendeu a conveniência de um lugar que oferecesse janta. Foi para a pensão Veneza, que tinha fama de cara e ficava na rua de trás.

William trabalhava, maravilhava-se com a conta no banco, com o cartão magnético. E antes mesmo do final da safra, teve o esforço e a sovinice recompensados: deu entrada numa moto zero, a primeira entre os migrantes. E acabou por despertar a atenção da Geisa Metro-de-Cana, a musa do canavial.

O apelido era pejorativo. Diziam, à boca pequena, que Geisa — uma morena um pouco esguia comparada com as colegas, mas de corpo bem torneado — se entregava a qualquer um pelo favor de alguns metros de cana cortados em sua fileira, o que complementaria seus rendimentos. Mas isso nunca se confirmou com segurança.

Começaram o romance num sábado, em um dia de muito calor na cidade. Com um prego quente, os colegas fizeram furos num fundo de garrafa de refrigerante e improvisaram uma ducha, no espaço a céu aberto entre as fileiras de quartos da pensão. A cerveja corria com abundância, igual à água da ducha. As meninas banhavam-se também, usando shorts, o que fazia a cerveja descer mais rápido ainda.

William chegou já no avançado da festa. Ainda nem tinha descido da moto, e jogaram-lhe um balde d'água. Geisa gritou-lhe, de uma mesa:

— Ai que vontade de dar uma volta na garupa de uma moto...

— Oxe... Só se for agora!

Geisa levantou-se, e William viu então o tamanho do short. Chegou a ouvir a própria frequência cardíaca, pela violência das batidas do coração.

Geisa subiu à garupa da moto, abraçou-o por trás. William sentiu a pressão macia dos seios...

Na noite daquele mesmo dia, foi com Geisa ao motel Sedução e sentiu-se como um rei. No caminho, o canavial à beira da rodovia parecia uma plantação encantada, misteriosa, sob o luar...

×××

Depois de algum tempo de namoro, casaram-se. O lar prosperava, com o braço forte de William. Conseguiram financiamento para um terreno nos arrabaldes da cidade, e ergueram uma casa, a primeira do loteamento, solitária em meio ao capim braquiária, como uma legítima casa de pioneiros. Depois de três safras, William teve uma oportunidade como maquinista na usina e o salário melhorou. Disse a Geisa:

— Daqui pra frente, você nunca mais vai ter que pisar num canavial. Vai fazer serviço de mulher, em casa.

Tiveram duas filhas seguidas, com diferença de idade de um ano e meio. A primeira, Suzana, recebeu o nome da mãe de William. Karina foi a segunda e nasceu num sábado, no dia seguinte a um final emocionante de novela, e por isso recebeu o nome da heroína da trama, que, depois de incontáveis capítulos enfrentando todo tipo de sofrimento e humilhação, terminava rica e feliz, casada com o galã de quem havia se separado lá no início, em razão de uma inimizade entre famílias.

✷ ✷ ✷

Uns seis meses após a morte de William num acidente de carro, Karina conheceu pela primeira vez a privação. Contava então dezoito anos, e era uma jovem sonhadora e distraída, criada com muitos mimos pelo pai.

O dinheiro da pensão por morte não era grande coisa, mas era muito maior que as quantias que Geisa estava acostumada a ter em mãos, na época de William. A contabilidade doméstica fugiu do controle: Geisa se comprometia com muitas prestações de roupas, sapatos, celular, televisão. Viúva bonita, quarentona, cheia de vida, tornou-se frequentadora assídua dos botecos do bairro, colocando uma ruga de preocupação no cenho de muitas esposas da vizinhança. Com roupas picantes, sentava-se com desembaraço em mesas só de homens, e fazia amizade com todos: casados, solteiros, jovens que aprendiam a beber, aposentados...

As provisões foram sumindo da geladeira, uma a uma... o iogurte, que William não deixava faltar porque as filhas adoravam, foi o primeiro. Desapareceu também o chocolate em pó, para misturar com o leite; depois, o próprio leite (Geisa só bebia café). Sumiu o requeijão, ficando somente uma margarina velha, esquecida no fundo da geladeira. Acabaram os ovos, o queijo, a mortadela, o pão de forma...

Até que num sábado, acordando às dez, Karina e Suzana não encontraram nada para o café da manhã, à exceção de café mesmo, já meio morno na garrafa. Karina serviu-se de meio copo, e o estômago roncou audivelmente de fome. Lançou à irmã um olhar indefeso e amedrontado, como o de um sertanejo do semiárido à vista do último balde d'água na cacimba...

Esperaram pelo almoço, que não houve, porque a mãe estava no boteco. Foram procurá-la.

Encontraram-na em pleno flerte com o Geraldo do Gás, numa das mesas. Foram até lá, perguntaram pelo almoço. Geisa enfureceu-se:

— Duas moçonas desse tamanho, não têm vergonha de vir aqui me encher o saco pra pedir almoço? E eu agora tenho que dar papá na boca de duas moçonas desse tamanho? As madames agora vão ter que procurar um jeito de aprender a fazer um arroz com feijão, que o tempo de filhinha do papai ficou pra trás, acabou!!!

As meninas olharam-na boquiabertas, plantadas no lugar em que estavam, sem reação. Geisa enfureceu-se mais:

— Estão olhando o quê? Mas espera um pouco que eu vou dar uma correção em vocês é aqui mesmo! — gritou, levantando-se da cadeira e avançando aos tapas sobre Karina, que estava mais próxima.

— Ai, mãe... — as duas fugiram, derrubando as cadeiras na correria.

※ ※ ※

Em casa, no quarto, avaliaram as marcas da agressão: em um dos lados do pescoço de Karina, ficara o decalque avermelhado de quatro dedos de Geisa, e Suzana tinha um sinal de pancada, na cintura, da trombada com a quina de uma mesa.

Karina ressentiu-se muito da cena, mas Suzana — de temperamento mais dócil e obediente — conformava-se:

— A mãe tem razão mesmo, nós não sabemos fazer nem um arroz...

— Mas precisava me bater na frente de todo mundo?!

Depois de um tempo, Geraldo do Gás deixou a mulher com um filho, e veio morar na casa de Geisa. Era um homem de meia-idade, alto, de temperamento difícil. Assim que chegou, começou a esticar o olho pro lado das irmãs. Na ausência de Geisa, puxava assunto, se desmanchava, fazia gracinhas... De Suzana, nunca conseguiu um sorriso, mas Karina dava corda, ficava dengosa, sorria.

A sós com a irmã, Suzana advertia:

— Isso, fique se abrindo pra ele! Ele já não vale nada, você vai ver no que vai dar isso. Se a mãe te vê com esse sorrisinho...

Karina ouvia, mas não adiantava. Sentia uma satisfação íntima por complicar a vida da mãe, e planejava vingar-se por conta da cena no bar.

A ocasião não tardou. Numa sexta-feira à noite, fizeram um churrasco nos fundos da casa. Geisa havia saído para comprar um maço de cigarros, e Suzana ainda não havia chegado da casa de uma amiga.

Karina insinuou-se:

— Geraldo, você sabe dançar essa música?

— Sei, por quê? Você não sabe?

— Eu não sei dançar é nada.

— Vem cá, eu te ensino...

Começaram no forró, e Karina — que dançava perfeitamente — colou o corpo em Geraldo, que perdeu a cabeça, apertando-lhe com ambas as mãos as nádegas, que balançavam loucamente sob o fino tecido do vestidinho curto.

Estavam nesse agarra-agarra, quando foram surpreendidos por Geisa:

— Sua putinha! — avançou aos tapas sobre Karina, numa versão mais baixa da cena do bar.

Karina fugiu para a rua, mas a peça não terminou por aí. Depois de lançar-lhe à cara, ao portão, todo o seu repertório de palavrões, Geisa iniciou um vaivém louco entre o interior da casa e a calçada. A cada vez que chegava ao portão, tinha uma coisa diferente da filha pra jogar na rua: jogou seis vestidos, com cabide e tudo, depois camisetas, saias, tênis, sandálias... No espasmo da raiva, caprichava na cena: trouxe uma gaveta cheia de roupas íntimas, pegou uma calcinha minúscula, tipo fio dental, e esticou-a entre os dedos, exibindo-a ao povo que já se aglomerava na rua:

— Aqui ó, é roupa de puta mesmo!!!

Por fim, como quem prepara uma machadada, ergueu a gaveta até onde pôde, tomando o cuidado de não deixar cair nada do conteúdo, e jogou-a de uma vez ao chão, de boca pra baixo. A gaveta se espatifou num baque seco.

O posto Rio Grande, à beira da rodovia federal, era um ponto de parada de caminhoneiros, afamado num raio de quinhentos quilômetros. Tinha um restaurante, com comida ao gosto da freguesia, em pratos feitos ou no rodízio, e contíguo ao restaurante um hotelzinho de dois andares, em que os quartos de cima compartilhavam um varandão comum, de fora a fora na frente do prédio, com vista para a rodovia e para o movimento nas bombas do posto.

O hotel era pouco frequentado. Por economia, a maioria dos caminhoneiros preferia improvisar o pouso no veículo mesmo, no amplo estacionamento que o posto oferecia. Alguns — gente do Norte — dormiam em redes, enganchadas à lateral da carroceria. Outros, principalmente os que carregavam família, apertavam-se dentro da boleia. E as famílias faziam amizade facilmente: no estacionamento, de banho tomado, conversavam, bebiam cerveja, e era até comum as mulheres prepararem a janta em sociedade, nas cozinhas itinerantes de caminhão. Pareciam parentes, embora tivessem se conhecido havia poucas horas e soubessem que talvez nunca mais se encontrariam nesse mundão de Deus!

Mas nem tudo era ambiente familiar. Sob a copa de umas velhas mangueiras que formavam uma alameda à entrada do posto, na calada da noite, em meio ao breu, os cigarros das prostitutas de estrada cintilavam, tristes, como vaga-lumes aprisionados.

Por vezes, uma delas emergia da escuridão, adentrava o restaurante, comprava um pacote de salgadinhos industrializados ou um maço de cigarros e, com olhar inquieto, sondava as mesas...

✳ ✳ ✳

— Rose, você almoçou hoje?
— Comi um lanche com um cliente, no motel lá em S...
— Mas você hoje foi parar lá, foi?
— O cliente só queria fazer o programa se fosse lá, depois de descarregar... Falei que ia ter que cobrar mais, pra pagar meu tempo e minha passagem de volta aqui pro posto. Ele topou.
— Pois eu não fiz programa nenhum hoje... Pra te falar a verdade, nem hoje, e nem ontem! Me empresta dez contos aí, Rose...

Rose olhou pra Joelma sem responder. Passou em revista a situação da colega, numa análise fria: olhou as pernas magras, pele em cima de osso, apertadas numa minissaia, os bracinhos finos também, os seios pequenos e flácidos; pela magreza, parecia uma menina, no entanto já chegara bem aos trinta... Para completar a figura, estava com uma ferida de herpes em um dos lábios. Rose se espantou de haver homem que ainda ficasse com Joelma, mas não falou nada. Restringiu-se à parte que lhe tocava:

— Você já fez a conta de quanto você me deve?

Joelma abaixou a cabeça.

— Toma, vai comprar um PF lá no Gaúcho — decidiu Rose, estendendo uma nota de cinco. Joelma sorriu com os dentes amarelados, danificados pela cárie, e foi saindo em direção ao restaurante. Rose gritou, em sua direção:

— Tô botando na conta, viu? Sei fazer conta de somar, viu?

Depois de uns vinte minutos, Joelma voltou, cantarolando um sucesso da rádio.

— Já comeu?
— Menina, Deus lhe pague! Me deu uma fome de repente! Rose, você conhece aquela menina sentada no banco lá na entrada do restaurante?
— Não. Que menina?

— Uma menina morena, bem bonita. Tá com uma mala, sentada lá. Todo homem que passa, olha pra ela.

Rose esticou o pescoço na direção do restaurante e apertou os olhinhos rasgados, num esforço para enxergar.

— Tô vendo... Mais uma pra disputar cliente aqui nessa birosca. Vou lá comprar um chiclete e aproveito pra ver a cara da fulana.

※ ※ ※

Encolhida no banco, Karina começou a sentir um pouco de frio, com a noite que avançava. Revirou as roupas dentro da mala, achou uma jaquetinha, vestiu-a. Sentiu-se melhor, mais agasalhada.

Sonhos vagos esvoaçavam-lhe na cabecinha aventureira. Queria sair do interior mesmo! Tinha o sonho de morar em uma cidade grande, dessas cheias de prédios, onde ninguém sabe da vida de ninguém. A casa tinha virado uma zona, depois da morte do pai. Como a mãe tinha mudado... só pensava em homem, parecia que nem se lembrava mais das filhas! Karina pegou a carteira, tirou uma foto do pai... Por uns segundos, contemplou-a comovida: *Pai, vou cair nesse mundão! Onde você estiver, proteja sua filha...*

Foi despertada desse transe místico pela passagem de Rose, que a encarou com curiosidade:

— Oi.

Karina guardou a foto no bolso, rapidamente.

Rose parou, procurando assunto:

— Tá vindo de onde?

— De G...

— Ah! Já passei por lá, não é longe, não — Rose tirou um cigarro, estendeu o maço a Karina: — Fuma?

— Não, obrigada.

— E essa foto que você estava vendo? É do seu gato? Me deixa ver — Karina hesitou, e Rose esboçou um sorriso malicioso. — Tá com medo de eu roubar seu gato?

Karina arregalou os olhos, estranhando a liberdade súbita, e a gargalhada de Rose irrompeu no silêncio da noite, chamando a atenção dos frentistas do posto.

— Só tô brincando com você, menina... Já sei! A foto é do seu filho.

— Não, é do meu pai. Tirou a foto do bolso, estendeu-a a Rose.

— Hum... É bonitão seu pai. Ele tá lá em G...?

— Não. Ele tá no céu — Karina respondeu, apontando o dedo indicador para cima.

Rose devolveu a foto, constrangida.

— Desculpa...

— E seus pais, estão onde?

— Minha mãe já morreu também, meu pai eu não conheci — respondeu Rose, sentando-se ao lado de Karina.

— Você trabalha aqui no posto?

A essas duas perguntas seguidas, a irreverência e o bom humor que Rose até então havia demonstrado se dissiparam completamente. Seu rosto assumiu uma expressão dura, indiferente, marginal. Tirou outro cigarro da bolsa, acendeu, e sem responder, olhou pros lados do restaurante. Depois voltou um olhar frio para Karina:

— Aquele caminhoneiro lá tá a fim de você.

— Qual?!

— Aquele lá dentro do restaurante. Encostado no balcão, de boné, conversando com outro de camisa verde. Você podia ficar com o de boné, e eu ficava com o outro.

— Mas eu nem conheço o homem!

Rose não entendeu mais nada:

— Mas você não faz programa, não, menina?

A entonação da pergunta denotava uma autêntica surpresa, porém foi interpretada por Karina como um ressaibo de desprezo. Como não gostava de ficar por baixo em nenhuma ocasião, preferiu mentir, meio atrapalhada com as palavras:

— Programa? Já fiz alguns lá em G... Ganhei um bom dinheiro, ganhei presentes... Só nunca fiz assim, na estrada, com homem que eu nem sei de onde vem...

Por sua vez, esta última colocação despertou os brios de Rose, que de repente sentiu necessidade de subir o tom da voz e abaixar o nível da linguagem:

— E qual o problema em fazer programa na estrada? Na cidade, quem dá por dinheiro também não é puta?

Karina contemporizou:

— Não disse isso. Só disse que na estrada eu nunca fiz. Não quis ofender, desculpa.

Rose aproveitou a condição de ofendida para pressionar:

— E eu já tava pensando que você era uma parceirinha ponta firme, mas eu tô vendo que você é muito é devagar... O cara tá ali pagando o maior pau pra você, e você fica aí marcando touca... Vamo lá, vamo descolar os clientes aí na parceria...

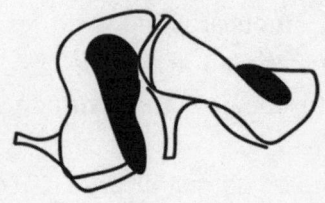

A conversa com os dois caminhoneiros foi bastante curta, de início.

Os rapazes queriam ir beber cerveja na cidade mais próxima, já que o restaurante do posto só vendia cerveja em lata às escondidas e não permitia o consumo dentro do estabelecimento. Do lado de fora, soprava um ventinho frio, que fazia gelar os dedos.

Com o caminhão, pegaram então a rodovia no sentido norte, andaram uns dez quilômetros, adentraram a primeira cidade, e pararam no primeiro boteco. Beberam, depois foram para o motel da cidade, fizeram o programa, e voltaram para o posto. A coisa toda durou umas três horas.

Os caminhoneiros foram dormir nas boleias dos caminhões, e Karina e Rose combinaram de dividir um quarto do hotel do posto. Só havia disponíveis quartos de casal. Assim que entraram, Rose descalçou as sandálias, tirou os brincos e em seguida tombou pesadamente sobre a cama, adormecendo de imediato.

No dia seguinte, ao despertar, Karina ouviu o ressonar de Rose, profundamente adormecida, a seu lado naquela cama de casal. Pela janela entreaberta, passava um vivo raio de sol, que atingia a lateral da cama. Do banheiro, com janela de vidro, vinha mais luz. Karina saiu da cama, e foi ao banheiro. Lavou o rosto, escovou os dentes, depois voltou ao quarto.

Sentiu no ar um cheiro forte, enjoativo, do látex dos preservativos. Esse cheiro lhe havia ficado entre as pernas, como lembrança da noite, e se misturava ao perfume adocicado de Rose. Parou em frente à cama e, por alguns instantes, ficou reparando na colega: era uma morena forte e rija, com cabelos meio alisados à força, e que agora se armavam volumosamente, intratáveis, ensaiando um retorno à sua condição natural. Deitada à cama, sem o salto alto, revelava sua estatura modesta. Estava quase nua, e Karina contou então as tatuagens: sete ao todo. Três eram grosseiras, malfeitas, desbotadas, mas as outras eram bonitas, coloridas... Na barriga, um pouco acima do umbigo, tinha uma cicatriz comprida, que Karina supôs ser de operação, mas era de facada.

— Rose... Acorda, Rose.

Rose se espreguiçou como uma gata, abriu um pouco os olhinhos, reconheceu Karina:

— Você caiu da cama, foi?

— Tô com uma fome...

Rose sentou-se à cama. Não parecia se incomodar com a desordem dos cabelos.

— Vou tomar um banho, e a gente desce. A diária do quarto dá direito a pão com manteiga e café lá no restaurante.

Depois de um tempo, desceram e entraram no restaurante. O balcão estava apinhado de caminhoneiros encostados, tomando café com expressão prazerosa. Rose abriu espaço entre os homens:

— Me dá licença, gato, tô com fome também... Ô, Gilson, faz dois pães na chapa aí pra nós? E desce dois cafés também.

Karina achou muito bom o café da manhã, revigorava-se com o pão com manteiga, o café fumegante. Reparou que Rose comia sem modos, sem fechar direito a boca, sujando muito os lábios com o pão molhado no café.

— Rose, você já trabalhou em boate?

Rose dirigiu-lhe um olhar inexpressivo:

— Trabalhei de quê?

— Sei lá, de dançarina, ou acompanhante...

Rose respondeu que não, meneando a cabeça. Era uma garota criada na rudeza da vida, que desde os treze anos — contava agora vinte e três — não fizera mais que rodar naquela rodovia, de caminhão em caminhão, para não passar fome. Nem sabia dançar nada...

Karina continuou:

— Pois eu tenho vontade de ser dançarina... fazer *striptease*. Os homens vão colocar dinheiro na minha calcinha... notas de cem reais, ou de dólares, de gringo cheio do dinheiro.

Rose já tinha visto isso, mas só em filmes. Seu rosto começou a esboçar um sorriso, sorriso de quem se deixa levar por um sonho...

✳ ✳ ✳

Foram parar no Tifanys Café, em D..., a primeira capital que apareceu na rodovia.

O Tifanys ficava na esquina de uma avenida, num bairro de classe média alta, próximo ao centro. Era um sobrado elegante, de fachada antiga, que com certeza fora residência familiar, em tempos idos. Nas horas mortas da madrugada, na avenida deserta, destacando-se entre a sequência monótona das luzes dos postes, o *neon* vermelho do Tifanys brilhava solitariamente...

O estigma de lugar desorganizado, folcloricamente imputado aos prostíbulos, seria injusto se aplicado ao Tifanys. Ali, oculta sob a aparente balbúrdia, reinava a rigidez das regras, impostas e fiscalizadas pela Sofia, a proprietária, uma mulher loira, de cinquenta e poucos anos, em cujo rosto uma expressão de profunda fadiga era constantemente perturbada por lampejos de ira. Não tolerava que as mulheres se embriagassem, e essa era a primeira regra que expressava às novatas, a seu modo: "Não suporto mulher que enche o c... de pinga. Cachaceira aqui não dura uma semana!".

Instigava as mulheres à atividade o tempo todo, desmanchando os grupinhos de bate-papo que se formavam nos sofás, batendo as palmas das mãos, gritando: "Vamos lá, mulherada, tem muito homem na casa, vamos dar um jeito, vamos — custava-lhe encontrar o verbo — vamos trabalhar!". Entre as mulheres, era mencionada como "a Bruxa Gorda".

O tempo combinado para os programas, nos quartinhos ao fundo, era controlado por anotações em giz num quadro, fixado atrás do balcão: hora de entrada, hora de saída, do quarto um, quartos dois, três, quatro, cinco. Mas, quando a casa enchia muito, trapaceava-se no tempo combinado, em prejuízo do cliente, que era surpreendido por três fortes pancadas na porta do quarto, bem antes do esperado. Às vezes, quando isso acontecia, algum cliente, julgando encontrar-se em um estabelecimento regido por normas de proteção ao consumidor, reclamava com Sofia, que tomava a queixa como uma ofensa pessoal. Iniciava-se um bate-boca, apareciam os seguranças e o cliente pagava rapidamente a conta e sumia, se tivesse um pouco de juízo.

Karina e Rose alojaram-se numa casinha muito pequena, por indicação de Sofia, nos confins do subúrbio. O local desagradou muito a Karina, que havia ficado fascinada com a região do Tifanys, com edifícios altos, ruas com lojas chiques, escritórios, homens de terno nas calçadas, lindos, parecendo galãs de novela... A periferia só tinha casas, botecos, oficinas sujas, maloqueiros o dia inteiro à toa nas calçadas, vizinhas mal-encaradas, cachorros vadiando, moleques jogando bola nas ruas... Parecia o interior!

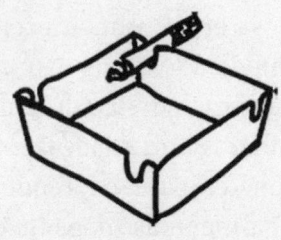

O táxi parou em frente ao Tifanys, a porta de trás se abriu, Sofia colocou as pernas para fora e ergueu-se penosamente. Com muita lentidão, em passos contrafeitos, subiu os degraus que levavam à porta de entrada.

Além de ser terça-feira — por si só, um dia de pouco movimento na casa — chovia e fazia frio. Sofia considerou esses dois fatores ao subir os degraus, aborreceu-se, e atirou longe o toco de cigarro, com expressão de enfado.

Hoje vai ter pouco cliente na casa, essa mulherada vai ficar à toa, e eu vou ter que aturar..., matutava. Andava meio cansada nos últimos tempos. Cansada, fraca, sem paciência nenhuma. Concluiu que devia ser o peso dos anos, com certeza. Esforçava-se por manter o pulso firme, a postura enérgica na direção da casa, mas ultimamente... estava sentindo vontade é de se aposentar. Há um bom tempo não ia a um médico, e desconfiava que a saúde não devia andar muito bem: tinha dores de estômago, dores nas costas, dor na nuca, dor de cabeça... Sofria com uma tosse seca, e torturavam-lhe também as hemorroidas. Sentia que o desconforto físico lhe piorava muito o humor e que, por conta disso, vivia no meio de inimigas.

Sentiu falta de Carmem, seu braço direito na casa, que as outras chamavam de Índia, que havia engravidado de um segurança do bingo e por isso voltara para a casa dos pais, numa cidadezinha de beira de estrada em Rondônia. Carmem tolerava seus achaques, cuidara dela uma vez que adoecera. Por isso, ganhara uma função de confiança na casa: do lado de dentro do balcão, servia bebidas, anotava os pedidos dos clientes na comanda, recebia pagamentos e dava entrada no caixa.

Mas Carmem se fora, e Sofia estava novamente sozinha, no ambiente que ela, de si para si, chamava de "ninho de cobras". E a vida continuava, com sua incessante demanda por cuidados, providências, decisões a tomar. Precisava comunicar algumas dispensas.

Essa era uma tarefa particularmente desagradável. Ao receber a notícia, a garota dispensada costumava perder o respeito, e quase sempre era necessária a intervenção dos seguranças. Detestava aquilo, mas fazer o quê?

Reinava o silêncio na casa ainda vazia. Era forte o cheiro de cigarro, remanescente da noite anterior. Sofia abriu as janelas laterais, ligou o ventilador, sentou-se do lado de dentro do balcão. Para criar coragem, acendeu outro cigarro, e abriu então o caderno de controle. Já sabia mais ou menos quem estava indo bem e quem estava indo mal, mas para desencargo de consciência, queria analisar as anotações do caderno.

Contou os programas que cada menina havia feito nos últimos dez dias, e suas expectativas foram duplamente surpreendidas, no seguinte sentido: as meninas que pareciam estar indo bem, na realidade estavam indo melhor que esperava; mas em compensação, aquelas que pareciam estar indo mal... praticamente, só estavam fazendo número na casa.

Mas número também é importante, pelo menos enquanto não arranjo outras... Vou ligar para o Rubão, e já foi ligando. Do outro lado da linha, uma voz preguiçosa, arrastada, rouca:

— Fala, Galega!

— Rubão, você sumiu daqui...

— Tô meio enrolado com umas coisas aqui. Q'que você manda?

— Tô precisando de seis meninas.

— Pra quando?

— Pra estrear na sexta-feira.

— Pra sexta-feira?! Tá maluca, Galega? A coisa não é assim, não.

— Deixa de manha, Rubão! Eu sei que quando você quer, você arranja...

— Arranjo, mas menina igual às que eu arranjo, menina bonita, menina responsa não é assim do dia pra noite, não...

Do outro lado da linha, ouviu o riso de Sofia:

— Vê o que você consegue, e me liga. Tchau! Escuta, mais uma coisa: não quero menina *de menor* aqui, não, viu?

— Pode deixar, Galega, fica sossegada...

Sofia colocou o telefone no gancho e concentrou-se novamente na contagem dos programas. Analisou os casos de Karina e Rose: como eram diferentes uma da outra... Karina era astuta, sedutora, com ela os clientes conversavam muito, bebiam muito, às vezes até mesmo depois de feito o programa. Em termos de rendimento, ficava na média, mas era a campeã em empurrar bebida nos clientes. De onde tirava tanto assunto? Parecia ter instrução, educação. Mais pra frente, talvez pudesse até ajudar no balcão. Quem sabe?

Rose era o oposto, não sabia nem conversar direito. Tinha jeito de marginal, de tranqueira. Quando bateu o olho em Rose, a primeira coisa que Sofia pensou: *essa menina vai roubar dos clientes e dar trabalho aqui dentro.* Até então, essa expectativa não se havia confirmado, e a menina, muito estranha à primeira vista, mostrava-se surpreendentemente dócil: não questionava nem reclamava de nada, tampouco se embebedava, conversava pouco, ficava na dela. Mas infelizmente, não estava rendendo quase nada. Esboçou-se em Sofia um sentimento de piedade, não sabia por quê... Tratou de expulsá-lo rapidamente, repetindo para si mesma um mote prático: "aqui é o puteiro, aqui não é casa de caridade..."

✖ ✖ ✖

— Karina, a que horas você vai pro Tifanys hoje?
— Vou sair daqui lá pelas onze...
— Você viu a novela ontem?
— Vi nada.

Rose deu uma última pincelada de esmalte numa unha do pé, e ergueu a cabeça para olhar Karina, que colocava macarrão numa água fervendo, no fogão.

Apesar de estarem vivendo juntas, chegavam separadas ao Tifanys: Rose, antes; Karina, umas duas horas depois. *Tifanys... Tifanys...* Rose tinha gosto em pronunciar essa palavra, que retinia no ar como um acorde musical. Estirou os braços para a frente, espreguiçando-se, e contemplou as unhas pintadas de vermelho vivo. Ficaram bonitas; iria arranjar uns clientes hoje, tinha certeza. Olhou para a parede, onde havia um quadro com um Jesus muito loiro fitando-a com um olhar transbordante de bondade. Lembrou-se da época de criancinha, dos tempos em que vivia com a mãe, no cubículo que havia sido uma borracharia, à beira da estrada, junto ao posto de gasolina falido e abandonado. Com muita fé, a mãe tinha santos de barro e imagens, num canto. Orava ajoelhada, de manhã, quando ainda não havia bebido. Rose lembrava-se disso agora.

Era uma vida dura, mas que iria endurecer ainda mais, depois da morte da mãe. À beira da rodovia, passavam sitiantes em charretes, davam-lhes leite. A mãe agradecia, dizia sempre: "Deus lhe pague em dobro sua bondade...". Por ali, passavam também vagabundos, andarilhos da estrada. Alguns se amasiavam com sua mãe, ficavam uns tempos, a acompanhavam na rotina de bebedeiras de dois dias seguidos, depois sumiam.

Estou com o palpite que hoje eu vou fazer três programas... Nem um, nem dois, nem quatro, vão ser três..., pensou Rose, olhando para Karina. Esta fazia quantos programas quisesse, de vez em quando até enjeitava clientes, dava uma desculpa para Sofia e ia embora mais cedo. Rose sentia por Karina uma admiração ingênua, sem qualquer mácula de despeito ou inveja. Queria ser como ela, bonita e chique, saber escolher bem as roupas, conversar com os clientes... Rose se esforçava: conhecia a obsessão dos homens por futebol, e por isso assistia aos jogos ao vivo na TV, se informava sobre os resultados, aprendia nomes de jogadores. Se questionada, mentia, dizia torcer sempre pelo mesmo time que o cliente, pois acreditava que iria agradar com isso. Na realidade, não torcia por nenhum. Karina era diferente, e dizia sempre: "torço pelo Santos, o time de meu pai". Se o cliente achasse ruim, que fizesse programa com outra...

✖ ✖ ✖

Mas ninguém nem se importava com o time de Karina, que fazia programas à farta. Tanto que ela começou a juntar dinheiro, e teve vontade de se mudar para o centro, alugar um quarto, morar sozinha.

Começavam a circular boatos no Tifanys. Karina tinha ouvido conversas das mulheres com mais tempo de casa: falavam que a Sofia já estava "amolando a foice". Iria mandar pelo menos umas cinco meninas embora — e a casa contava com quinze. Apostavam que Rose era uma que não escaparia...

Karina pensou em Rose, no seu contentamento por ter deixado a vida na rodovia, e uma sombra estampou-se em seu semblante. Rose nem desconfiava de nada, nem sabia que existia a "passada de foice" três vezes por ano. Evitavam o assunto perto dela.

Karina mediu as consequências, pensou nas despesas da casa — que alguém teria que pagar — e planejou a mudança para o centro, às pressas. Sentia um peso na consciência, mas fazer o quê? E se fosse mandada embora também? Ia lá saber... Iria para a rodovia com Rose? As próprias veteranas — duas ou três mulheres com mais de um ano de casa — temiam pela própria pele, falavam também em alugar apartamento, bater ponto na rua Sete de Setembro e nunca mais ter que olhar a cara da Bruxa etc.

Karina agora precisava se desvencilhar de Rose, com urgência. Se a coisa apertasse, ela poderia voltar para a casa da mãe, pediria perdão, se humilharia para não passar fome. Mas iria chegar com Rose junto?

Karina se absorveu tão profundamente nesses pensamentos que a água do macarrão secou na panela. Foi Rose quem deu o alerta:

— Mulher, olha o macarrão queimando! Tá sonhando, é?

✷ ✷ ✷

Quando Sofia resolvia mandar gente embora, fazia tudo numa noite só. Era mesmo um espetáculo triste: sempre no fim de noite, ao final do expediente, lá pelas quatro da manhã. Nas mesas, um ou outro cliente retardatário tomava o último drinque. As mulheres bocejavam. De vez em quando, ouvia-se algum gracejo amargo, de humor sinistro e cortante. Nessas horas, algumas delas — muitas vezes, justamente as que seriam demitidas — encontravam-se embriagadas. Os seguranças eram comunicados de antemão e ficavam em alerta.

— Andressa, amanhã você não precisa vir mais não.

— Você tá me expulsando, é, Sofia?

E estava iniciada a peça dramática. Os seguranças — que detestavam aquela função — chegaram e puseram as mãos sobre os ombros da mulher, de início num tom pacífico:

— Calma, Goiana, fica fria, facilita a vida da gente...

Mas a Andressa Goiana estava nervosa:

— Não encosta a mão em mim, macaco, escravo de biscate!

Os seguranças engrossaram. Andressa acabou saindo, e enquanto se encaminhava à rua, foi xingando Sofia. Quebrou uma vidraça da porta no saguão de entrada, com um chute. Deixou marcas de sangue no piso.

Pronto, a primeira já foi; faltam quatro, pensou Sofia. *Esta noite está prometendo.*

— Jaqueline...

Jaqueline retocava o batom, olhando-se num espelhinho da bolsa, sentada em um dos sofás. Levantou-se calmamente e foi saindo... queria ir embora com classe.

— Tchau, mulherada, a gente se encontra por aí — jogou um beijo para as colegas, e nem olhou para Sofia.

— Silvia, você também tá dispensada.

— Eu também? Então me dá uma cerveja aí; minha última nesse muquifo aqui. Destino de puta é esse aí mesmo, acaba na rua, mais cedo ou mais tarde. Aqui nessa espelunca falida só tem cliente pobretão mesmo. Não dou mais um ano pra isso aqui fechar as portas... já demorou! Bota a última cerveja aí pra mim, que eu vou comemorar minha saída...

— A cerveja eu vou é quebrar nessa sua cabeça cheia de pinga se você não sumir daqui agora...

— Vem cá, vem cá quebrar então...

Os seguranças se aproximaram mais.

— Não encosta a mão em mim! Eu vou embora. Tchau, Bruxa Gorda, tribufu!

✖ ✖ ✖

No quarto abafado e em desordem, Rose colocava as peças de roupa uma a uma dentro da mala. Estava indo embora da casa e da cidade.

Estava difícil acomodar as coisas dentro da mala nova: prosperara no Tifanys, e por isso sua bagagem tinha aumentado de volume. Esse modesto progresso se avantajava diante de duas décadas de miséria à beira da rodovia, e tornava inesperada e incompreensível a demissão. Cega de raiva, havia pensado em esfaquear Sofia, nos dias que se seguiram. Chegara até a comprar a faca, de cabo branco, faca de açougue. Mas calculara as consequências, e terminou refreando o impulso. Deixou a faca na cozinha, brilhando entre os poucos talheres no escorredor. Karina se alarmara:

— Rose, para quê é essa faca?

— É presente meu pra você; pra você picar as coisas aí na cozinha.

— Picar o quê, se eu só sei fazer macarrão?

O par de botas não cabia na mala de jeito nenhum. Rose calçou-o, em combinação com a minissaia, como tinha visto uma modelo usar numa revista.

Dado um jeito para a bota, o resto ficou fácil de acomodar na mala, e chegara então o momento de ir embora. Deitou um olhar melancólico ao quarto e saiu, irrompendo na sala. Karina assistia à televisão, esparramada sobre o sofá.

Diante da figura trágica da colega, em pé ali no meio da sala, de mala na mão, enfrentando bravamente a má-sorte que a acompanhava, a frieza proposital que Karina vinha adotando cedeu ao sentimento de amizade que o destino cultivara, e também a uma pontinha de remorso. Sentiu dó... Abraçaram-se:

— Tchau, linda, fica com Deus!

— Pra onde você vai, amiga?

— Vou por aí, se preocupe não! Não passo fome, não... Deus me protege sempre.

Foram juntas ao ponto de ônibus, sob um sol rachando. O ônibus chegou, abraçaram-se mais uma vez. Rose embarcou e conseguiu lugar para se sentar. Abanou a mão para Karina, depois ficou rígida, olhando para a frente, como uma boa menina a caminho do colégio. Em seu olhar, havia uma expressão de perfeita calma, que ficaria para sempre na lembrança de Karina.

O ônibus virou violentamente na primeira esquina.

Karina estava só.

CAPÍTULO 3
RAMON

Desde o começo da manhã, Geraldo tivera indícios de que aquele seria um dia ruim.

Quando acordou, às sete, já estava sozinho em casa. A ausência de Geisa foi a primeira contrariedade: não tinha o pão com manteiga quentinho, passado na frigideira, que ela fazia diariamente, e que ele adorava. Com raiva, ligou para o celular da mulher, mas ouviu-o tocando ali mesmo, esquecido num canto do sofá. A raiva aumentou.

No entanto conformou-se, e sentou-se à mesa. Começou a passar manteiga no pão frio, lentamente, quando viu a frigideira sobre o fogão. Acendeu o fogo e colocou o pão com manteiga nela. A tarefa era fácil.

Ouviu tocar o celular. Era Geisa, ligando de um orelhão:
— Oi, bem, meu celular tá aí?
— Tá. Onde você tá?
— Vim pro supermercado mais cedo, pra comprar verdura fresquinha.

Geraldo teve necessidade de descarregar a raiva, iniciar um bate-boca, e se esqueceu do pão que estava na frigideira. Interrompeu a discussão por ter sentido o cheiro de queimado.

Lamentou muito a distração, porque o pão era o último. Se quisesse outro, teria que ir à padaria, a quatro quarteirões dali. Desistiu e despejou num copo americano o resto de café da garrafa.

Sentou-se novamente à mesa. Com expressão desconsolada, beliscou por cima o pão queimado, tentando salvar uns pedaços. Mas o pão era do dia anterior, um pão elástico, e para arrancar um pedaço, teve que pôr força; o naco se soltou de uma vez, fazendo-o derrubar com as costas da mão o copo de café; o líquido se espalhou pela toalha da mesa, enquanto o copo rodou e foi ao chão, espatifando-se.

Procurou uma vassoura para juntar os cacos, que se espalharam por todo o piso da cozinha. Depois acendeu um cigarro, sob o umbral da porta da sala. Observou com indiferença o jardim, à frente da casa. Precisando de poda, os galhos espinhentos das roseiras cediam ao próprio peso, e rastejavam rente ao chão, afogados no mato. Um dos inúmeros motivos para brigas com a mulher, aquele jardim inútil. Geisa queria pagar um jardineiro de vez em quando, mas o dinheiro nunca dava. Geraldo irritava-se, falava em pagar um pedreiro para cimentar a frente da casa e acabar com o problema. Geisa irritava-se também, pois tinha apego às roseiras, que havia plantado antes ainda da casa estar pronta, há muito tempo atrás. Para qualquer das opções, jardineiro ou pedreiro, a falta de dinheiro era a mesma, mas a discussão continuava, evoluindo para outras questões e escandalizando a vizinhança.

Geraldo olhou as horas no relógio de pulso. Atrasado, atirou-se apressadamente à rua, pisando duro. Nas últimas semanas, o momento de sair para o trabalho vinha sendo particularmente desagradável. Há pouco mais de um mês, havia pensado em trocar de carro, aproveitando o décimo terceiro que estava para chegar. Começara por vender o carro velho, para aproveitar uma boa oportunidade que aparecera. O dinheiro ficou na mão, e era preciso aguardar ainda duas semanas pela quantia. Veio a apendicite do filho — que vivia com a ex-mulher, para quem ele pagava pensão — e a maior parte do dinheiro se foi, para pagar a cirurgia. O que sobrara não dava sequer para uma moto usada.

Envergonhava-se por sair a pé para o trabalho. O depósito de gás nem era longe, ficava a um quilômetro e meio, uns vinte minutos de caminhada. Mas ele tinha esta vaidade:

achava que um homem decente só saía de casa de carro, e doía-lhe ter perdido essa posição.

Chegou ao depósito de gás com meia hora de atraso. Dirigiu-se ao escritório, para pegar a chave do caminhão e tomar um copo de água gelada, e viu que o patrão analisava a contabilidade, absorto nos números. Geraldo cumprimentou-o, e a voz saiu-lhe fina e engasgada. O patrão respondeu com uma voz pastosa, olhando-o por sobre os óculos.

Geraldo pegou a lista de entregas e foi carregar o caminhão.

× × ×

Antes ainda da primeira entrega, aconteceu a batida. Geraldo aguardava em um sinal vermelho, na faixa central da avenida, para dobrar à esquerda. No entanto, à sua esquerda, havia um carro, que pretendia seguir reto. O sinal abriu, Geraldo foi dobrando à esquerda, dando seta, acreditando que o carro fosse dobrar também, o que não aconteceu: o carro avançou teimosamente, até chocar-se de frente com a porta do caminhão.

Do carro saiu uma jovem, bonita e delicada, com expressão de susto.

— Tá cega, dona?

— Não estou cega, não, nem surda! E você abaixe o tom de voz pra falar comigo!

A prontidão e a valentia da resposta conflitavam com a aparência meiga da moça. Geraldo desconcertou-se e acabou por abaixar mesmo o tom de voz, involuntariamente:

— Mas, quando o sinal abriu, eu já comecei a dar seta. Quem está na faixa da esquerda deve virar...

— Não senhor, quem está na faixa do meio deve seguir reto...

✳ ✳ ✳

O patrão recebeu a notícia com a cara amarrada. Perguntou de quem tinha sido a culpa, e quis ler o boletim de ocorrência.

— Em caso de sinistro, se a culpa não for do funcionário, não cobro nada. Agora, se ele tiver causado a batida, desconto do salário as despesas com oficina ou com a franquia do seguro. Mas posso parcelar o valor em até umas dez vezes.

Careca nojento, esse Seu Hélio! Assim que eu arranjar outro serviço, vou dar uma surra nesse hominho... isso não aguenta um tapa!, pensava Geraldo, ao sair do serviço. Cerrou os punhos...

Vagou sem rumo pelas calçadas do centro, com o azedume vivamente estampado no semblante. Entregou-se a reflexões amargas. Se tivesse ouvido o conselho do pai, e seguido com os estudos... O longo tempo passado desde que deixara a escola distorcia a realidade da época, e, naquele momento, pareceu a Geraldo que, se tivesse desejado, poderia ter cursado até uma faculdade de medicina. Mas a verdade é que nunca levara muito jeito para a escola... Era aprovado sempre com dificuldade. Na época, sentindo a pouca aptidão, desdenhava do ensino, até que abandonou de vez a escola no sétimo ano.

Lembrou-se saudosamente do patrão anterior, Seu Manoel, que o tratava como um filho, e que havia morrido de enfarte há um ano. *Esse Seu Hélio, desde o primeiro dia, não fui com a cara dele! Homem esquisito, arrogante... Dizem que leva chifre da mulher. Deve levar mesmo, uma hora dessas ainda vou provar desse guisado...*, pensou, esboçando um sorriso carregado de malícia.

✳ ✳ ✳

No Bar do Jamil, reinava o sossego, perturbado somente pela colisão das bolas de sinuca, na única mesa do local. Dois homens disputavam uma partida encarniçada, que com certeza devia ter dinheiro apostado. Geraldo observou-os por alguns instantes, e reconheceu um dos dois: o Milton, homem de uns sessenta anos, miúdo e frágil, figurinha fácil nos botecos da cidade, cuja mulher havia fugido com um empregado de um parque de diversões itinerante. O outro homem Geraldo não conhecia, mas podia apostar tratar-se de um peão de fazenda embriagando-se na cidade.

Acompanhou a partida discretamente. Nos últimos lances, Milton começou a abrir vantagem sobre o camponês e não conseguia disfarçar a satisfação. A perspectiva da derrota fazia o camponês acender um cigarro atrás do outro e dar profundos goles no copo de cerveja.

Ecoou por fim o estampido da última bola da mesa, e Milton abandonou então a compostura, dando um grito rouco, com os punhos em riste. Geraldo compreendeu aquela explosão de euforia: o prazer da vitória devia ser raríssimo na vida daquele homem. Mas achou que a reação foi muito exagerada e desrespeitosa. Desafiou-o:

— Quer jogar mais uma aí? Valendo vinte de cada um.

Milton olhou-o sem muita convicção. Titubeava.

— Vamos lá, vai — Geraldo foi colocando uma nota de vinte sobre a mesa. — Ô, Junior, me dá uma cerveja e uma ficha aí.

Milton colocou outra nota sobre a mesa a contragosto. Iniciaram a partida. O camponês assistia.

Geraldo matava as bolas com desenvoltura, e avançava rapidamente rumo à vitória. Milton pigarreava, inquieto.

A partida terminou, e Geraldo deu-lhe uns tapinhas nas costas:

— Não esquenta, não, amigo, dinheiro de jogo é assim mesmo: fácil vem, e fácil vai.

Ao ouvir esse provérbio consolador — que se aplicava tanto ao seu caso como ao de Milton —, o camponês riu, satisfeito. Por sua vez, Milton foi de imediato ao balcão, pagou a cerveja e saiu.

Geraldo sentiu-se um fazedor de justiça: *Ganhar dinheiro de um jacu da roça como esse aí, é fácil! Comigo, não deu nem pro treino. Corno é corno mesmo, nasceu pra sofrer...*

Contemplou as notas ganhas, pensativo. *Talvez minha sorte tenha virado...* O mico-leão-dourado das notas de vinte sugeriu-lhe uma aposta no macaco, mas isso teria que ficar para o dia seguinte, dado o horário, e ele sentia urgência em aventurar-se no jogo.

— Ô Junior, tem gente aí no fundo?

— Tem um pouco. Logo chega mais.

O Bar do Jamil era um estabelecimento com dois ambientes — ou duas faces. Na fachada, era um boteco inocente e pouco frequentado, igual a tantos outros ali da redondeza, ou seja, vendia cerveja gelada e pinga de baixa qualidade, cigarros, mais uns salgados meio suspeitos, umas salsichas em conserva dentro de um vidro, e outras mercadorias afins. Nos fundos, com um acesso discreto e fora do ângulo de visão da parte da frente, ficava o diferencial, a face oculta ou menos conhecida da casa: um salão esfumaçado com três mesas redondas para baralho, um cercadinho para briga de galos e três máquinas caça-níqueis a um canto. Esse salão consistia no principal reduto da baixa jogatina da cidade.

Com a atenção completamente absorvida pela evolução das partidas de baralho, os homens às mesas conversavam muito pouco. Pareciam homens de negócios, em reunião para tratar de assuntos importantes.

Sentado a uma das mesas, Geraldo tentava a sorte, teimosamente. Numa partida que se arrastara por duas horas — na qual levara vantagem durante todo o tempo, deixando escapar a vitória no final —, havia perdido o dinheiro ganho de Milton. Arriscava agora a outra nota de vinte.

Observou o jogador na posição adjacente, à direita. Era um homem gordo, por volta dos quarenta anos, de voz muito grave. Uma onda de azar contraía-lhe o rosto flácido. Tinha os olhos vidrados, o pescoço rígido e pequeninas gotas de suor começavam a brotar-lhe da testa.

Geraldo continuou a análise dos oponentes. O jogador à sua esquerda mantinha exatamente a mesma expressão do início da partida, uma expressão neutra, vazia, da qual não se podia deduzir absolutamente nada. Na posição frontal, o único jogador que ele conhecia: Seu Vicente, um funcionário aposentado dos correios. Desse também não se conseguia deduzir nada: tinha sempre a expressão tranquila e divertida, estivesse ganhando ou perdendo. Segundo consta, tinha uns cinquenta anos de baralho, sempre apostado. Geraldo distraiu-se refletindo sobre o exemplo daquela fronte plácida à sua frente, daqueles cabelos brancos que inspiravam respeito: de Seu Vicente não se conhecia nenhum escândalo, nenhuma derrota comprometedora, nenhuma privação, briga com a mulher, nada. Isso devia ser porque Seu Vicente era diferente dos outros viciados em jogo: só apostava o que podia. Se perdesse, ia para casa. As quantias não deviam fazer tanta falta, e a mulher tolerava: qual é o marido sem defeitos? Cinquenta anos de baralho!

— Amigo, é sua vez... — o jogador à sua esquerda, da expressão neutra e vazia, despertou Geraldo das reflexões.

Geraldo, simplesmente, havia deixado de prestar atenção à rodada, e agora tinha dificuldade em analisar em retrospectiva a sequência lógica das cartas dos três oponentes. Teve que se desculpar pela distração e pedir que lhe fizessem um resumo da rodada.

O resumo foi lacônico e insuficiente, forçando-o a jogar de qualquer jeito, e a partida começou então a desandar.

Olhou novamente para Seu Vicente, e viu que havia uma novidade em sua expressão, um acento de alegria íntima, que a Geraldo pareceu um esgar irônico. Para ele, a partida com certeza havia tomado um rumo favorável.

Novamente chegou a vez de Geraldo jogar. Desta vez havia prestado atenção, mas as cartas de que dispunha eram uma porcaria. A desvantagem acentuou-se.

✳ ✳ ✳

Ao chegar em casa, por volta da meia-noite, Geraldo viu da calçada que ainda havia uma luzinha acesa na cozinha.

Transpondo o portão, ouviu uma voz, que parecia entregue a uma conversa longa e arrastada.

Era Geisa que, bêbada, falava sozinha, sentada à mesa da cozinha. Geraldo espiou da sala, sem se deixar ver: sobre a mesa, havia meia dúzia de garrafas de cerveja vazias.

Geisa entregava-se a reflexões íntimas, pensando em voz alta. Parecia referir-se a Karina, a filha expulsa de casa:

— Mandei embora mesmo... Não valia nada!... Foi por esse mundão afora aí, não sei nem por onde anda... Não sei nem se está viva.

Deixou escapar um soluço. Para expulsar algum traço de arrependimento, procurava alimentar a mágoa:

— Não deu mais notícia, não valia nada... Não mandou nem um cartão de Natal... — soluçou novamente. A voz tornava-se pranto: — Se ela quisesse passar por aqui no Natal, eu até perdoava... A gente ia comer um pernil juntas, tomar uma cerveja...

Do quarto veio a outra filha, Suzana:

— Mãe, vem dormir — afagava-lhe os cabelos. — Vem dormir, chega de cerveja. Vem descansar...

※ ※ ※

Em meados de setembro, em uma das últimas noites de frio do ano, apareceu no Tifanys um indivíduo que se apresentou às meninas com o nome de Ramon Santana.

Era irmão de Sofia. Chegou à casa à noite, arrastando uma pesada mala pelos degraus da entrada. Devia ter por volta de cinquenta anos, e parecia ter caminhado uma ampla distância com aquela mala encardida, pois bufava de cansaço com o esforço empreendido. Tinha os cabelos ralos e encaracolados, pintados de acaju, e usava um cachecol vermelho-sangue. Exalava um cheiro forte, de perfume aplicado sobre o suor de dias sem tomar banho, na viagem que empreendera, vindo sabe-se lá de onde.

Saudou a irmã calorosamente, com estardalhaço:

— Minha irmã, há quanto tempo! Como você tá chique! — Sofia usava um sobretudo de couro marrom. — Vem cá, quero te dar um abraço...

Sofia abraçou-o com visível frieza, que seria comentada posteriormente pelas meninas como mais uma demonstração da ruindade de sua natureza. Desconfiava que a visita do irmão iria inevitavelmente culminar em um pedido de dinheiro, depois de algum relato dramático e exagerado das desventuras que deveriam ter lhe ocorrido, na vida de vagabundagem.

— Não vai me oferecer nem um uísque pra rebater da viagem?

Foi servido o uísque, com um pouco de relutância. Cada dose rendia ali trinta contos... Ramon sentou-se ao balcão, próximo a Sofia. As meninas ardiam de curiosidade.

✱ ✱ ✱

A contragosto, Sofia instalou Ramon em um dos quartos da casa, o último ao fundo do corredor.

— Mas você vai ter que me ajudar aqui, viu? Não vou sustentar vagabundo, não. — Assim expôs suas condições.

Mas ajudar em quê? Sofia não confiava no irmão. Considerava-o um incapaz, um inútil e desonesto que poderia, de uma hora pra outra, quando lhe desse na veneta, limpar o caixa e desaparecer novamente.

Mas Ramon foi ficando, e passou-se um mês. Ganhou a confiança das meninas, e passou a receber os clientes à entrada, barbeado, perfumado, enfeitando muito o discurso e desmunhecando, cheio de trejeitos:

— Seja bem-vindo ao Tifanys, o oásis da fantasia! Aqui o senhor gozará de momentos mágicos, com as mais amáveis dançarinas, saboreando o néctar das mais preciosas bebidas, num ambiente aconchegante e sedutor... Vamos entrar!

Sofia comprou-lhe um terno preto, que foi rejeitado.

— Querida, eu não sou segurança, sou recepcionista!

Foi à loja, trocou-o por um branco. Algum tempo depois, começou a imiscuir-se na administração da casa, a dar palpites. Esperava um dia de pouco movimento, quando Sofia fazia uma cara angustiada atrás do balcão, e instigava:

— Sofia, você tá precisando inovar aqui na casa, precisa inventar alguma coisa aqui, senão os clientes não vêm mais não, querida!

Sofia olhava-o com ar de enfado.

— Se você quiser, eu organizo umas peças aqui com as meninas, uns shows de *strip*, um teatro erótico. De espetáculos, modéstia à parte, eu entendo. Vai ser um sucesso!

✳ ✳ ✳

De fato, tinha mesmo alguma experiência.

Quando criança, nos poucos anos em que frequentara a escola, destacava-se nos teatrinhos improvisados pelas professoras, o que lhe encheu a cabeça de sonhos e ambições, que a miséria aparou, mas não eliminou.

Teve que deixar a escola para trabalhar. A vocação — ou, pelo menos, a paixão — por tudo relacionado a artes dramáticas o impelia irresistivelmente para atividades afins, dentro do possível. Saiu da cidadezinha em que nascera, foi para V..., onde passou um ano pedindo dinheiro num semáforo, depois de fazer umas macaquices no sinal vermelho, fantasiado de palhaço. Engajou-se depois num circo, na equipe de palhaços, e rodou o país por sete anos. Por fim, enfastiado da repetição das cenas — sempre as mesmas, mas que eram novidade em cada cidadezinha onde se apresentavam, em pontos cada vez mais recuados do interior —, foi trabalhar em um salão de beleza, num lugarejo empoeirado no nordeste do Pará, a convite de uma mulher que conhecera num boteco, numa noite de bebedeira.

A mulher, que se chamava Cristiane, em pouco tempo já o queria como a um irmão, e era correspondida no sentimento. Conversavam muito:

— Ramon, e São Paulo, é bonita?
— É bonita e fascinante, querida.
— E lá tem muito homem bonito?
— Ah, isso tem...
— E o Rio, é bonito como na novela?
— É muito mais.

Um dia, passou pelo salão um garimpeiro que tinha encontrado ouro, e levou consigo Cristiane. Ramon herdou o salão.

— Mas olha, eu não fico muito tempo aqui, não, viu?
— Quando você quiser ir embora, venda o ponto, e se mande. Fica pra você, não vou mais precisar.

Pôs o salão — um barraco de madeira — à venda já no dia seguinte. Passaram-se dois meses: nenhum interessado. Com o dinheiro de alguns cortes que ainda apareceram, inteirou o valor de uma passagem e sumiu.

No ônibus, conheceu um rapaz forte, com feições indígenas e uma fala mansa, que o interessou muito.

— Amigo, você me agradou muito, mas vou ter que descer aqui pra pegar outro ônibus. Este é o número do meu celular. Qualquer dia a gente se vê... Mas posso lhe pedir um favor?

— Fale, querido.

— Entregue essas rapaduras pro meu pai em Brasília. São da terra dele... Ele vai te esperar na rodoviária.

O rapaz desceu do ônibus e mais para a frente na estrada, houve a batida da Polícia Rodoviária, com o diabo de um cão farejador, que implicou com a mala. O cão gania, latia cada vez mais alto, chegava a pular de excitação. Ramon teve que abrir a mala: as rapaduras consistiam em dois quilos de cocaína. E para explicar que focinho de porco não é tomada? Mostrou o número do celular que o rapaz havia deixado. Telefonaram, mas a mensagem gravada informou que o número não existia.

Um ano difícil na penitenciária. Emagreceu, e os cabelos ficaram grisalhos.

Quando terminou de cumprir a pena, foi bater ponto como chapa na entrada de U..., ajudando os caminhoneiros a descarregar. Detestava aquele serviço, mas fazer o quê?

Uma vez, parou no ponto dos chapas um caminhãozinho três quartos, quase soltando pedaços de tão velho. Dentro, três rapazes e uma menina apertando-se na boleia. Eram estudantes de artes cênicas, que haviam montado um teatro mambembe nas férias. O coração de Ramon bateu forte no peito. Pediu para acompanhá-los, ajudaria no que pudesse, nem que fosse na montagem do palco. Os jovens acomodaram-no na carroceria, porque na boleia não cabia mais ninguém.

Participou do ensaio de uma peça, e os jovens deram-lhe um papel. Foi o melhor período de sua vida. Quando os estudantes voltaram às aulas, sentiu-se triste, miserável, fracassado. Retornou à cidade natal, e ficou uns tempos na casa da mãe, onde tomavam banho com sabão feito de restos de sebo coletados nos açougues, pois o dinheiro não dava para o sabonete.

Pegou com a mãe o endereço do Tifanys — ela dizia "o salão de bailes da Sofia" — e partiu para a estrada, com uns trocados no bolso. De carona em carona, a longa viagem arrastou-se por vinte dias.

* * *

No dia em que Rose se despediu de Karina e deixou a cidade, pensou que faria melhor tomando o sentido oposto de onde tinha vindo, rumo a regiões onde nunca havia pisado. Quem sabe não teria melhor sorte?

Comprou uma passagem para P..., e atravessou dois estados para ir a um terceiro. Ao chegar, perambulou algum tempo pela região da rodoviária. Eram umas ruas estreitas, com umas casinhas antigas e derruídas que se espremiam, com fachadas que davam diretamente para a calçada. Nas esquinas, muitos botecos com poucos frequentadores, pois ainda era de manhãzinha.

Entrou numa pensão:

— Quanto é a diária dos quartos?

Uma mulher gorda, atrás de um balcão, assistia a uma pequena televisão, completamente absorta pelo programa. Demorou algum tempo para se voltar para Rose:

— A diária avulsa é vinte, mas, dependendo do número de dias, podemos dar um desconto. Aqui é assim: quanto mais você fica, mais barato você paga, e só aceitamos pagamento adiantado. Quanto tempo você vai ficar?

Rose hesitou:

— Vou ficar três dias, pra começar.

— Faço tudo por cinquenta pra você.

Achou que estava de bom tamanho, e a mulher entregou-lhe uma ficha para preencher, com nome, número dos documentos, endereço...

Para preencher o nome, foi uma luta, mas conseguiu. Rose contemplou o resultado, uma letra muito grande e redonda, que se não fosse o nome curto — Rose dos Santos —, não teria cabido no espaço disponível. Copiou o número da carteira de identidade um pouco mais facilmente. Tentou inventar um endereço, mas se atrapalhou e desistiu:

— Endereço eu não tenho não, viu?

— Não tem problema, não, minha filha, aqui isso é comum. São cinquenta reais.

Rose entregou-lhe prontamente a quantia, tirando da soma em dinheiro que havia poupado no Tifanys, e com isso granjeou um pouco da confiança da mulher — que tinha hóspedes de toda espécie e de quem estava acostumada a esperar os mais variados tipos de problema.

A mulher apagou no cinzeiro a bituca do cigarro e foi ajudar Rose com a mala:

— Vem cá, vou te mostrar seu quarto. Aqui é tudo limpinho, e ninguém mexe com ninguém.

No quarto só cabiam a cama e um pequeno armário — entre estes dois, o espaço mal dava para Rose assentar os pés — e era tudo infestado de muitas traças. Mas Rose, que sempre vivera no limiar da mendicância, achou que estava bom.

Quando a mulher saiu, jogou-se sobre a cama e acendeu um cigarro, pensativa. Abriu a janela do quarto: dava para os fundos de uma casa abandonada, com o mato vicejando até mesmo nas rachaduras das paredes. Sobre o muro passou um lagarto, correndo, fazendo pausas, indeciso sob o sol que começava a esquentar.

✳ ✳ ✳

Os botecos, que de manhã estavam quase vazios, agora fervilhavam de gente. O sol, quase se escondendo, jogava ainda uns últimos raios de luz nas paredes alvas dos edifícios.

Rose já havia feito um reconhecimento das redondezas. Entrara no hotel Atenas, que cobrava por hora, e se informara sobre os preços. Estava animada. Vira muitos homens nos botecos, de todos os tipos: empregados de empreiteiras, em turmas, todos com o mesmo uniforme, em mesas juntadas para caber todo mundo; funcionários do comércio, em estilo social; estudantes, de bermuda, com a barba por fazer; mesas de aposentados, onde se debatiam os resultados do futebol.

Acabou entrando no Bar da Moda, onde se ouvia música alta, e havia um espaço para dança, mais ao fundo. Viu uns instrumentos em um canto, um teclado, um violão, fios, caixas de som... Músicos preparavam um show.

✳ ✳ ✳

— Vamos lá, Stefany, mais expressão nesse rosto!

Mas Stefany achava que expressão significava arregalar mais os olhos. Foi a gota d'água:

— Está bom, Stefany! Muito obrigado, minha filha, pode parar. Abaixe o volume aí pra mim, Dri!

Era o ensaio para o *striptease* da enfermeira. A princípio, Ramon pensou em ter um time de fantasiadas na casa: a enfermeira, a policial, a executiva, a doméstica uniformizada, cada papel ficando com uma das meninas. Cada uma, com sua fantasia, ficaria transitando pela casa, conversando com os clientes, e mais tarde faria o *strip*, uma de cada vez. No entanto já havia avaliado cinco garotas, e nenhuma tinha mostrado um desempenho aceitável. E apesar do comovente afã de Ramon em exercitar todo o seu senso estético na tarefa, no fundo o teste era simples: a garota deveria ir dançando e tirando a fantasia aos poucos, até ficar nua. Mas, até ali, todas estavam se mostrando medíocres: dançavam porcamente, tiravam a roupa muito rápido e não conseguiam criar o clima de sedução que Ramon idealizava.

Stefany saiu do palco — uma área pequena bem no meio das mesas, com meio metro de elevação em relação ao resto, e com uma barra vertical à qual a dançarina se agarrava para realçar a dança — e enrolou-se em uma toalha. Ramon foi catando as peças de roupas, jogadas a esmo pelos cantos: minissaia, uma blusinha, um bonezinho de enfermeira, sutiã, tudo branco.

— Karina, é sua vez. Vamos lá!

O coração de Karina disparou.

CAPÍTULO 4

NO RECIBO DE PEDÁGIO

O *strip* de estreia de Karina coincidiu com a presença no Tifanys de uma meia dúzia de executivos estrangeiros a trabalho na cidade. Eram quase todos altos, corpulentos, de pele muito branca que o álcool avermelhava logo nas primeiras doses.

A noite foi agitada, como há muito tempo não se via na casa. Ramon havia encomendado uns folhetos de divulgação a uma gráfica, e uma semana antes começou a distribuí-los discretamente pelas ruas, entregando-os a homens que julgava de boa aparência, em restaurantes, cafés, porta de hotéis. Anunciava: "Noite de gala no Tifanys, o oásis da fantasia! As mais belas garotas! Show de *strip* com Karina Tsunami!".

Karina chegou ao palco envolta em um roupão de linho. Subiu o degrau, entregou o roupão nas mãos de Ramon, a música começou...

× × ×

Nas cinco noites seguintes, os estrangeiros retornaram à casa, trazendo mais colegas, até mesmo alguns da cidade, que não conheciam o Tifanys.

Foi uma semana gloriosa. O uísque corria fartamente, as mulheres gargalhavam... Não houve garota que não conseguisse programas, e Sofia desmanchou a habitual carranca.

Dançando para a plateia internacional, com o status de estrela da casa, e com o preço do programa levado às alturas, Karina parecia imersa em uma atmosfera de sonho. Parecia-lhe que uma festa se reiniciava a cada noite, e o tempo corria loucamente, num ritmo em descompasso com a realidade...

× × ×

Os estrangeiros foram embora da cidade num domingo, dia em que o Tifanys não abria.

A segunda-feira foi de amargar. Melhor seria que a casa ficasse vazia, e as meninas descansassem. Mas não: apareceram clientes com pouco dinheiro, só para encher o saco.

A empolgação dos três adolescentes embriagados, vindos dos extremos da periferia, não encontrava nenhum eco ali. Não tinham dinheiro para pagar uma só dose de bebida destilada. Até mesmo com a cerveja haviam parado, depois de umas duas latinhas cada um. No entanto não sossegavam: pegavam nas meninas, tentavam entabular conversa, queriam que sentassem em seus colos.

Houve um início de confusão, quando um deles passou a mão nas nádegas da Cleide, uma mulatona recém-chegada do Tocantins. Cleide — que passara por acaso ao lado da mesa que os rapazes ocupavam — achou ruim, e reagiu com um empurrão, tão forte como inesperado. O rapaz, que se encontrava em pé, tombou por cima da mesa. A cerveja derramada espumou no chão, o rapaz quis revidar, mas os seguranças apareceram, rápidos como um relâmpago, e serenaram os ânimos.

Os garotos foram embora e então apareceu o Nelson, um funcionário público solteirão, beirando a aposentadoria, que morava no mesmo quarteirão do Tifanys. Ele não podia faltar naquela segunda-feira!... Era um freguês assíduo, mas que não rendia quase nada. Nunca fazia programas, limitando-se a beber algumas cervejas, da forma mais vagarosa possível, enquanto conversava com as meninas. Por que ele ia sempre ali? Talvez, impelido por uma vida de absoluta solidão, enxergasse no bordel uma ocasião para convívio social. Ao chegar, cumprimentava Sofia como se falasse com uma vizinha, indagava sobre a saúde dela, comentava sobre o frio, a chuva, o calor...

As meninas achavam-no pegajoso, e com razão. E como só vinha ali para conversar, aparecia de forma premeditada nas noites de menor movimento, o que fazia as meninas — talvez involuntariamente — interpretarem sua presença como um augúrio de crise nos negócios.

Do sofá, meio sentada meio deitada, Stefany alfinetou:

— Ô Karina, dança uma música pro Nelsão aí...

Eram quatro horas da manhã quando a banda anunciou a última música da noite no Forró da Associação.

Parava a música, mas o bar-lanchonete continuava aberto por mais algum tempo. Ficavam ainda alguns gatos pingados. Nessa hora, aumentavam os pedidos por sanduíches, e o aroma do bacon, fritando na chapa, fez salivar a boca de Rose.

Pela porta da rua, agora escancarada para o povo sair, entrava um ventinho frio que gelava o aço da cadeira. Rose começou a catar as moedas soltas na bolsa, dispondo-as sobre a mesa. Eram muitas, mas quase todas de dez, de cinco, de um centavo... A soma não dava para um sanduíche.

Ergueu a cabeça. Sentado à mesa em frente, um rapaz mastigava um pedaço de sanduíche, observando-a com uma expressão de malícia sádica. Um pé-rapado... Rose irritou-se:

— Que foi, mano, perdeu alguma coisa aqui?

O rapaz fez que não era com ele e desviou o olhar, enquanto colocava mais maionese sobre o sanduíche.

O dinheiro deu para um refrigerante que, com um cigarro, engana um pouco a fome. Rose contava já uns seis meses naquela cidade, e nas últimas semanas, vinha se deparando mais uma vez com a inequação repetitiva e universal da miséria: o dinheiro juntado não dava para as despesas.

Sem possibilidade nenhuma de aumentar a renda, e sentindo-se no limite de seus esforços nesse sentido, procurou então cortar gastos. Mudou-se do quartinho individual para um quarto coletivo com dois beliches em outra pensão, reduzindo quase pela metade a despesa com aluguel.

Guardava as coisas pessoais num armário, trancado com cadeado. Arrombaram-no, despregando da madeira as dobradiças, com um tranco de pé de cabra. Levaram todas as roupas, umas jaquetas que haviam sido caras, da época do Tifanys.

Recorreu a um agiota do bairro, oferecendo como empenho um relógio de marca, que trazia sempre no pulso. Mas o relógio foi avaliado como insuficiente para a quantia solicitada, e o homem — que havia reparado nas roupas indecentes de Rose, na minissaia curta demais, muito apertada nos quadris — propôs, então, sem utilizar expressões explícitas, uma ida juntos ao hotel Atenas, no final da tarde, para fecharem o negócio. Se ela aceitasse, ele nem cobraria os juros.

— Como assim? Não entendi.

— É só pra passar uns momentos comigo, só nós dois, no hotel, pra tomar uma cerveja...

— Sei, essa parte eu entendi, mas o que é esse negócio de juros? — Rose nunca havia feito empréstimo.

O homem explicou em números como seria o pagamento com e sem os juros, que eram de quinze por cento ao mês.

Saindo do hotel, Rose foi direto comprar umas roupas de segunda mão numa lojinha.

Perambulou pelo bairro, aquele mesmo da rodoviária, onde havia se instalado ao chegar. Aliás, quase nunca se ausentava daquela banda da cidade, onde já se sentia perfeitamente adaptada, e onde havia estabelecido algumas amizades com os balconistas na padaria, alguns donos de boteco, garçons, aposentados que passavam o dia na praça, vigias, e até com alguns policiais. Dali, da parte alta da cidade, limitava-se a lançar um olhar sem ambição ao centro, onde uns vinte edifícios muito alvos se destacavam no horizonte como uma miragem.

Mas o episódio do furto das roupas parecia ter inaugurado um período de azar.

× × ×

Rose farejava de forma instintiva essas fases cíclicas, que apareciam, às vezes, após uma longa e tranquila temporada de bonança. Surgiam de variadas formas, podendo ser de modo abrupto, numa noite que parecia prometer muito, mas que terminava sem um programa sequer, seguida depois por várias noites igualmente infelizes; ou aos poucos, com os programas escasseando lentamente, dia a dia, até o esgotamento, que se prolongava então por um tempo indefinido. Dessa vez, tudo começou com a chuva.

No final da tarde de uma sexta-feira, após um dia de muito calor, nuvens negras e pesadas surgiram do nada e pairaram ameaçadoramente de um lado do céu, no poente. O dia escureceu, de chofre.

Após a tempestade, que estragou a melhor noite da semana para os programas, sobrevieram uns dias de chuva fina e persistente, que segurou o povo em casa, durante todo o final de semana. Não havia nada que prestasse nos botecos, e Rose foi bater o ponto na calçada de uma avenida, sob a marquise de uma loja. Essa marquise protegia da chuva, mas bloqueava também a luz do poste mais próximo, de modo que, quando vinha algum carro, Rose precisava sair da obscuridade e arrojar-se à rua para ser vista, expondo-se à chuva e aos jatos de água de enxurrada que vinham dos pneus em movimento.

Quando a chuva cessou, na quarta-feira, fazia três dias que Rose não pegava em dinheiro, nem em nota nem em moeda. Abriu-se com Seu Agenor, dono da padaria:

— Seu Agenor, estou numa dureza danada, não tenho nem um real. O senhor pode abrir uma conta aí pra mim?

Seu Agenor compadeceu-se:

— Severino, serve um PF pra essa menina aí. Quando você puder, você me paga, minha filha...

Entretanto aproximava-se o vencimento do aluguel, e de parte da Sucena, dona da pensão, Rose sabia que não haveria misericórdia. Sucena tinha negócios com a polícia. Tinha visto como haviam expulsado a Gabi, com empurrões, quase jogando-a na calçada. Isso tudo por conta de cinco dias de atraso...

O último programa havia sido no domingo à tarde, com um estudante. O rapaz tinha só a metade do valor cobrado, mas Rose aceitou: "Tá bom, vamos lá, joga aqui na minha mão". Também não tinha dinheiro para o motel, e foram então para a república onde o rapaz vivia com mais três colegas, uma casa em ruínas a dois quarteirões dali.

O estudante — muito franzino, de óculos, com muitas espinhas no rosto — era virgem e tremia. Ao adentrarem a casa, um lugar bagunçado ao extremo, que fedia a comida azeda, os dois colegas que assistiam à televisão na sala arregalaram muito os olhos, como se vissem um alienígena. Outro rapaz estudava no quarto, a quem o cliente de Rose pediu licença, por uma meia hora. O rapaz juntou os livros e saiu, espantadíssimo também.

Fecharam a porta do quarto, e Rose foi logo tomando a iniciativa para acabar com aquela comédia. O rapaz ardia em febre, e Rose percebeu rumores dos outros, ouvindo à porta do lado de fora. Rose pôs-se então a gemer alto, por traquinagem.

Quando terminaram — o programa durou uns dez minutos no quarto —, Rose perguntou ao rapaz:

— Ô gato, você não tem um lanche pra mim aí não? Um pão com alguma coisa?

O rapaz tinha e deu-lhe um pão com requeijão.

※ ※ ※

Na quarta-feira, quando estiou, mesmo sem precisar se esconder da chuva, Rose voltou à marquise, por costume. Ficava mais gente ali, como a Bruna, uma travesti que havia sido cortadora de cana, e o Ademar, um mendigo alcoólatra que viera do campo, de muito longe, de um município de que ninguém nunca tinha ouvido falar.

— Ainda bem que parou a chuva!

— Agora é capaz de esfriar...

Tinham planos, projetos para o futuro: Ademar iria voltar para o sítio, para plantar uma lavourinha de arroz com o pai, à beira da lagoa, e Bruna iria para a Europa, para Milão, onde ganharia dinheiro e reencontraria seu amado, um operário italiano com quem havia passado uma só noite, há dez anos. Mas Rose só enxergava o tempo presente, os problemas imediatos:

— Se eu não pagar o aluguel amanhã, a mulher me põe na rua...

Deitado sob o cobertor, Ademar arriscou:

— Aí você dorme aqui comigo, no quentinho...

Rose não achou graça. Avançou uns passos para fora da calçada e sondou a avenida, onde finalmente apontavam uns faróis acesos.

Era o caminhão de lixo. Os lixeiros passaram pela marquise, rápidos, como espectros noturnos. O caminhão urrou na segunda marcha, indiferente ao avançado da hora.

Ademar virou-se para o outro lado, empertigando-se sob o cobertor, concentrando-se em dormir. Bruna acendeu mais um cigarro e o silêncio tornou-se profundo: ouvia-se o barulho do fumo ardendo com as tragadas.

— Que foi, menina, que cara é essa? Cara feia pra mim é fome!

— Já tô enjoando dessa cidade aqui, viu? Ô lugarzinho ruim!

✳ ✳ ✳

O estacionamento de caminhões numa rua paralela à rodovia, uma quadra pra dentro do bairro, era um lote empoeirado, com cerca de arame. Em um dos vértices, havia uma guarita elevada, como de um quartel, para fazer a segurança. Mas era só uma artimanha do proprietário, para atrair os clientes: na maior parte do tempo, não ficava nenhuma sentinela vigiando ali.

No local, viviam uns cachorros também, uns três ou quatro vira-latas encardidos que tinham alguma serventia: latiam e davam sinal, nas horas mortas da noite.

Era fim de tarde. Alguns caminhoneiros estavam por ali, de chinelo de dedo nos pés, numa folga forçada por causa de certo reparo mais demorado no caminhão, ou coisa assim. Reinava o sossego: ninguém havia ligado o som, nem estava martelando nada. Num moirão da cerca, cantava um bem-te-vi, de paquera com a fêmea, que estava pousada numa antena de TV, do outro lado da rua.

Rose havia acabado de chegar à área, mas já provocava alguns assovios e comentários em voz alta. Isso já era o bastante para trazer-lhe de volta a esperança.

Havia fugido da pensão, com medo de ser expulsa. Deixou seis diárias sem pagar e ainda arranjou um jeito de furtar coisas na cozinha: um salame e um queijo prato inteiros, ainda fechados. Por isso estava com medo da polícia, com quem a Sucena, dona da pensão, tinha amizade, e queria muito sumir na rodovia, com destino a qualquer lugar, desde que fosse para longe.

Mas o caminhoneiro que assoviou não tomava uma atitude. A placa do caminhão era do jeito que ela queria: de longe, de outro estado, que Rose sabia que tinha até outra polícia, com a farda de cor distinta. Ficou parada na esquina, sondando, de viés. O caminhoneiro entrou na boleia, abaixou-se, voltou com uma latinha de cerveja na mão e veio até a cerca, na beirada da calçada. Rose começou a caminhar disfarçadamente, como se tivesse aonde ir, e passou pelo homem. Abriu-se num sorriso:

— Ai, que sede!
— Quer uma latinha?
— Uai, se tiver...

✖ ✖ ✖

Aquela era a primeira viagem do caminhoneiro, um rapaz de pele muito clara, beirando os trinta anos, um pouco gordo, com cabelos de um loiro acinzentado e que fora criado no campo, no Paraná.

Na descida, o caminhão carregado pegava velocidade. Mas, em compensação, na subida só faltava parar, e provocava uma fila de carros atrás, que esperavam, com grande impaciência, uma ocasião para ultrapassagem. O caminhoneiro soltava, então, uma pilhéria, que era sempre a mesma:

— Rose, pergunta pra esse povo aí atrás onde é que vai ser o enterro...

Aos poucos, a viagem progredia. Entraram numa rodovia de pista dupla, conhecida de Rose: era a mesma do Posto Rio Grande, lá do começo da história, só que num ponto bem distante ainda.

Passaram em frente ao posto abandonado, onde Rose vivera boa parte da infância. Como o caminhão ia numa leve subida, tivera tempo de contemplar o lugar, de relance. Não era a primeira vez que passava por ali depois de adulta, e sempre que isso acontecia, como uma aparição que surgisse do nada numa curva do caminho, vinha-lhe de chofre a recordação da mãe.

Ninguém havia ressuscitado o negócio do posto: a ruína apenas se fizera mais completa. Havia desabado o teto da borracharia, da qual só restavam uns restos de parede, que mal se viam em meio ao capim-colonião. Também a cobertura das bombas de abastecimento parecia ter se torcido sobre o próprio eixo por um furacão, e tombava parcialmente em um dos cantos. O capim vicejava nos vãos entre os paralelepípedos.

A fixação de Rose por aquele ponto específico da rodovia — havia virado o pescoço para trás, prolongando o olhar — chamara a atenção do caminhoneiro:

— Que foi, amor?
— Nada.
Chegavam já a uma praça de pedágio. O caminhoneiro separou o dinheiro, entregou-o à funcionária, pegou o recibo, entregou-o a Rose:
— Guarda aí no porta-luvas pra mim.
Mas Rose, para espantar o tédio, inventou de ler o que estava no recibo do pedágio. No verso, onde há fotos de pessoas desaparecidas, a fisionomia de uma garota adolescente pareceu-lhe familiar. Não precisou forçar a memória, porque o nome estava escrito embaixo: era Karina.

CAPÍTULO 5
DELEGACIA

No dia em que Sofia faleceu — de um enfarte fulminante —, fazia já algum tempo que o Tifanys ameaçava fechar as portas. A morte veio abreviar o período de decadência do estabelecimento, proporcionando-lhe uma espécie de desfecho honroso e trágico.

O declínio da casa começou de forma imperceptível, refletindo talvez a lenta deterioração da saúde e do ânimo de Sofia. De um dia para o outro, não se podia notar nenhuma diferença, mas o frequentador ocasional, que entre duas visitas intercalasse um intervalo de um ano, perceberia que o estabelecimento havia se tornado uma sombra do que fora outrora.

Ramon permanecera durante um ano na casa e, ao cabo desse período, desapareceu misteriosamente, sem se despedir de ninguém, como costuma ser do feitio dos andarilhos. Num belo dia, Sofia chegou no horário de sempre, no comecinho da noite, destrancou a porta da rua e entrou. No quarto de Ramon, o último ao fundo, a luz estava acesa. Sofia veio caminhando pelo corredor, em passos arrastados, com uma mão sobre a fronte: havia passado o dia às voltas com uma dor de cabeça que os analgésicos não resolviam, e contava lastimar-se um pouco com o irmão, relatando o caso.

O quarto, porém, já estava vazio. Vazio e organizado, com a cama feita, sem coisas espalhadas. Abriu as portas do armário: nada. Sofia compreendeu tudo na hora, e entristeceu-se: durante aquele tempo, havia se apegado ao irmão. Sentou-se então na cama, com a expressão devastada, os cabelos mal penteados, o batom vermelho borrado num canto da boca...

Instintivamente, procurou substituir a tristeza pela raiva, xingando o irmão em voz alta, falando sozinha: *Veado filho da puta, ainda bem que não deixei dinheiro no caixa!*

Era um costume de Sofia, espantar o desânimo estimulando a raiva. Nos últimos tempos, porém, a própria raiva parecia lhe faltar, e sentiu-se então muito fraca, abatida, desprovida de energias. Entregava os pontos.

※ ※ ※

Por esses tempos, Karina contava dois anos de Tifanys e era a mais antiga da casa.

Havia engordado uns cinco quilos, e seu corpo, antes esguio e delicado, ganhara certa opulência sensual, nos seios e nádegas. O jeito de falar também mudara um pouco, e aprendera a fumar. Ao longo daquele tempo, de forma espontânea, fora ganhando aos poucos a confiança de Sofia, e recebera tarefas administrativas na casa. Começou trabalhando do lado de dentro do balcão, servindo bebidas, anotando nas comandas. Algum tempo depois, Sofia delegou-lhe até mesmo funções de tesouraria: lidava com dinheiro, fazendo acertos com as meninas, com a faxineira, com fornecedores de bebida. O salário até que era bom, de cargo de confiança. Também fazia ainda uns programas para complementar a renda.

Entretanto a decadência se abatia sobre o Tifanys. Ramon sumira, sem falar nem tchau. O plantel da casa, que já havia sido de vinte e tantas garotas, agora se resumia a uma meia dúzia, contando Karina. Em momentos de pico no movimento, acontecia de todas as meninas estarem ocupadas, nos quartos. Chegavam então mais clientes, que à vista do vazio da casa, não se demoravam nem por dois minutos, e devolviam em branco as comandas.

A notícia do declínio se espalhava rapidamente pela cidade. Surgira uma casa concorrente, o Delirius Night Club, uma construção nova, do lado de lá do centro. Um lugar grande e animado, dizia-se.

Enquanto isso, no Tifanys, as coisas ficavam por consertar: a torneira da pia do banheiro não fechava direito; o *freezer* enguiçou e a cerveja foi para a geladeira, que não gelava o suficiente; uma das caixas de som começou a chiar, num barulhinho enervante que eliminava o prazer da música; e por fim, o *neon* da fachada exteriorizou o declínio, falhando nas três letras iniciais do nome, que ficou: "...anys".

× × ×

Na noite em que Sofia não apareceu e não atendeu o celular, Karina cuidou do funcionamento da casa, como já havia feito algumas vezes. Foi uma noite melancólica, de poucos clientes. O chiado da caixa de som esgotou a paciência de Karina, que desligou a música e ligou a TV. Passava um programa aborrecido, de entrevistas com ex-famosos do mundo artístico.

As mulheres embriagavam-se, e tornavam-se sarcásticas umas com as outras. Karina consultou o relógio: três da manhã. Os últimos clientes haviam saído à uma. Decidiu encerrar o expediente:

— Gente, por hoje chega. A essa hora não vem mais ninguém aqui não. — E foi fechando a casa.

Na tarde do dia seguinte, como Sofia continuava sem atender o celular, Karina foi até seu apartamento, que ficava em um condomínio populoso do subúrbio, à beira da rodovia. Passou pela portaria, e enfiou-se entre os inúmeros predinhos de quatro andares, caminhando apressada, atraindo a atenção dos moleques que jogavam bola.

À porta, do lado de fora do apartamento, ouvia-se a televisão ligada, mas ninguém atendia à campainha. Chamou um chaveiro do bairro, que desmontou a fechadura. A porta se abriu: Sofia morrera sentada no sofá, com as pernas sobre um banquinho, de camisola. A posição da cabeça, pendida sobre o peito, passava a impressão de uma pessoa fortemente abatida pela notícia repentina de uma desgraça, ou por uma longa sucessão de revezes. Em seu colo, um *poodle* latia com pavor à presença dos estranhos.

Pegou fogo no capim braquiária à beira da rodovia, e a brisa levou a fumaça para debaixo do pontilhão, onde estava Rose. Como a brisa era imperceptível, tinha-se a impressão de que a fumaça se deslocava por vontade própria, chegando ali ao abrigo do pontilhão — onde não havia sol quente, nem capim para queimar — por uma espécie de capricho do mundo inanimado.

Tempo seco de meio de ano. Não havia uma nuvem no céu. O sol estava ardido, mas já na penumbra do entardecer, começava a fazer frio e, à noite, gelava.

Apareceu uma mulher ali, para fazer companhia a Rose. Veio de cima, descendo com cuidado o barranco do pontilhão, como quem vinha da rodoviazinha transversal, de pista simples, que passava por cima ali no cruzamento com a rodovia interestadual, esta de pista dupla. Era uma mulher de uns cinquenta anos. Chegou do outro lado da rodovia, mas a atravessou logo, para pedir um cigarro a Rose.

Rose deu o cigarro, mas não ofereceu fogo, e essa cortesia pela metade transmitia a seguinte mensagem: *Está aqui o cigarro, mas a nossa conversa termina por aqui, certo?* Ficou observando a mulher, com olhar altivo. Quando recebeu o cigarro, a mulher agradeceu e sorriu, um sorriso frouxo e silencioso, e Rose viu que lhe faltavam dois dentes na frente. Era branca, um pouco alta, magra e ossuda, os cabelos vinham-lhe quase à cintura, e parecia ter a pele mais envelhecida que o resto. Mas devia ter sido bonita, na juventude: no meio daquele rosto judiado pela miséria, tinha os olhos azuis como topázios.

A fumaça do capim queimando ardia nos olhos, forçando Rose a fechar os seus, ao mesmo tempo em que prendia a mochila entre as pernas, por desconfiança da recém-chegada. O cheiro de fumaça devia estar pegando na roupa, e Rose sentiu urgência em sair dali. Aproximou-se mais da pista, colocou mais veemência nos gestos, no braço estendido, punho fechado, polegar apontando no sentido em que passam os veículos, para a frente, para a frente sempre...

A mulher a observava fumando, encostada à estrutura de cimento do pontilhão. Rose tirou da bolsa um batom, passou-o nos lábios.

— Me empresta esse batom aí, colega?

Rose olhou para a mulher, sentindo aumentar o desprezo. Uma mulher que não tem um batom, eis aí o cúmulo da miséria! É pior que não ter o que comer. Rose não suportava a companhia de gente em pior situação que ela própria, mas sempre havia um degrau mais abaixo, e o destino insistia em colocar essa gente no seu caminho...

Mas a mulher parece que compreendeu o olhar altivo de Rose, e melindrou-se. Aproximou-se uns passos e pediu novamente, num tom mais áspero:

— Me empresta o batom aí, colega? Não vou te roubar não! É só pra passar um pouquinho, não vai te fazer falta...

Aproximou-se mais, com o rosto já crispado, a boca dura, a expressão sinistra...

Mas a raiva já despertava também em Rose. A má-sorte dos últimos meses, a fome que naquele justo momento a atormentava, a fumaça ardendo nos olhos, e agora aquela mulher, surgida do nada para importuná-la, acabaram por encher todas as medidas...

Esperou a mulher chegar mais perto. Quando a sentiu ao alcance do braço, desferiu-lhe um soco, que a acertou na lateral do rosto.

A mulher balançou com a força do golpe, mas não caiu, e investiu sobre Rose, com toda a energia de que dispunha. Engalfinharam-se e tombaram sobre o asfalto do acostamento.

Tudo foi muito rápido. A mulher caiu sobre Rose, e meteu--lhe a mão no rosto, crispando as unhas; mas não teve tempo para mais nada, porque uma perna de Rose estava livre, e desferiu uma joelhada nas costelas da mulher, com toda a força do desespero.

A mulher soltou um gemido abafado e tombou, batendo a cabeça no asfalto. No mesmo instante, Rose pôs-se imediatamente de pé e chutou com toda a força o rosto da mulher, que já tentava se levantar. Chutou-a novamente, na barriga, nas costelas... Vencida, a mulher já havia abdicado da luta e somente se protegia, encolhendo-se e colocando os braços na frente do rosto...

Mas a raiva de Rose não passava. Pisou o rosto da mulher: o salto alto da sandália furou-lhe a gengiva...

✳ ✳ ✳

— O que ela era sua? Parente?
— Patroa.
— Patroa em quê?
— Numa boate, o Tifanys.

O chaveiro era um senhor aposentado, beirando os setenta anos, correto e trabalhador, e que nunca fora dado a farras, nem nos tempos de solteiro. Não sabia o que era o Tifanys, mas a curiosidade o afligia:

— É um lugar pra dançar, um forró?
— Isso, é um forró.

Karina resolveu colocar os dedos na jugular de Sofia, para se certificar da ausência de pulsação. Mas mal tocou a pele, recuou bruscamente do gesto: a frieza do cadáver causou-lhe um calafrio na espinha.

O chaveiro esboçou um meio-sorriso:

— Não, minha filha, ela está morta já faz é tempo. O que ajudou foi o frio — abaixou então o tom de voz —, senão já estaria até com cheiro ruim. Ela tem parentes?

— Sei que tem mãe e um irmão.
— Você tem que avisar a eles.

Karina lembrou-se de que havia dinheiro escondido no Tifanys:

— O senhor conhece alguma funerária por aqui?
— Tem onde enterrar?
— Não sei.
— No cemitério novo tem lugar sobrando, basta ter o dinheiro pro jazigo. Eu sei disso porque minha irmã faleceu faz só três meses. Sua patroa tinha dinheiro?
— Tinha pro gasto.

— Vamos chamar a funerária que cuidou da minha irmã. Eles providenciam tudo, sabem como fazer pra tirar o atestado de óbito, agendam o horário no velório municipal, fazem tudo. Só precisa ter o dinheiro...

Karina acendeu um cigarro e refletiu. Já estava mesmo na hora de a vida dar uma guinada! Iria tomar as providências para o enterro, avisar a mãe de Sofia, dispensar as meninas, fechar as portas do Tifanys e recomeçar a vida em outra cidade.

× × ×

Um dos seguranças do Tifanys — que também tinha a mãe distante num lugarejo do Nordeste — se ofereceu para buscar a mãe de Sofia no interior, de carro. Karina deu-lhe dinheiro do caixa para o combustível.

Algumas das meninas apareceram no velório, para uma visita rápida. Faziam perguntas sobre as circunstâncias da morte, depois questionavam Karina acerca do futuro, para saber como ficaria dali pra frente, se o Tifanys fecharia as portas... Queriam que ela assumisse o negócio:

— Você mesma pode tocar o bar, você é que cuidava de tudo ali...

Veio também o proprietário do imóvel onde funcionava o Tifanys, a quem a notícia havia chegado ninguém entendia como. Chegou acompanhado da esposa, que não lhe desgrudava do braço, por zelo diante das funcionárias da falecida. O proprietário conhecia Karina e fez-lhe algumas indagações, em voz baixa e formal: a causa da morte, o horário, se chegara a ser atendida no hospital, se estava sozinha no apartamento — e com um acento de sincera misericórdia na voz —, se aquela senhora sentada à beira do caixão era a mãe de Sofia... Em seguida, também expressou suas dúvidas sobre o futuro, entrando em assunto de negócios: que agora iria dar baixa no contrato com Sofia, mas que poderia assinar um novo, com Karina como locatária, se ela tivesse interesse. A menção ao contrato de aluguel propiciou-lhe ocasião para elogiar a memória da falecida, que nunca havia atrasado um só mês do pagamento e que infelizmente ele não podia dizer o mesmo de muitos inquilinos seus em outros imóveis, gente que era pai de família, andava em carro importado, mas que lhe dava o calote...

Ao final do enterro, a mãe de Sofia já se havia afeiçoado a Karina. As duas saíram de braços dados do cemitério, numa marcha cadenciada pelos passos lentos e inseguros da velha senhora, que ofegava. Com a voz entrecortada pelo cansaço, a velha fez um pedido à sua acompanhante: antes de retornar para o interior, queria conhecer o "salão de bailes" que fora o negócio da filha.

Chegaram à rua. O segurança que fazia as vezes de chofer fumava um cigarro num banco da praça, conversando com o pipoqueiro. O quadro era de paz absoluta.

Acomodaram a velha senhora no banco do carona com muito custo. Karina sentou-se no banco de trás.

— Ari, vamos dar uma passada lá no Tifanys. A Dona Clara quer conhecer o salão de bailes da Sofia.

O segurança lançou a Karina um olhar de desentendido, pelo retrovisor.

— Salão de bailes?

— É, homem, o salão de bailes da filha dela. Liga esse carro aí logo.

No Tifanys, a mãe de Sofia encantou-se com a sofisticação do ambiente, que parecia haver superado o mais fantasioso quadro que pudera conceber para um salão de bailes. Logo à entrada, a prateleira de bebidas por detrás do balcão, onde as garrafas multicoloridas brilhavam e se multiplicavam por efeito do espelho ao fundo, estonteou-lhe as vistas, e uma forte comoção apoderou-se da pobre senhora.

Amparada por Karina, sentou-se em um dos sofás, mas até mesmo o conforto e a maciez do móvel, que para ela atestavam a excelência de tudo o que havia no estabelecimento, contribuíram para acentuar-lhe a emoção, e as lágrimas então correram abundantemente pelo rosto envelhecido:

— Como é lindo isso aqui — afagava com as mãos o couro sintético do sofá —; desde criança ela me falava que um dia ia vencer na vida na cidade grande...

Rose foi abordada por uma viatura da Polícia Rodoviária num ponto da rodovia distante uns quinze quilômetros do local da briga.

Tinha os pés esfolados do contato com o asfalto — havia descalçado as sandálias de salto alto logo ao primeiro quilômetro —, e estava exausta. Tinha também muitas esfoladuras pelo corpo, nos cotovelos, ombros, joelhos, e a roupa suja de sangue em alguns pontos. No rosto, ficaram uns vergões, das unhas da mulher.

Os dois guardas a puseram na caçamba da viatura, algemada.

O guarda no banco do carona voltou-se para trás, observando-a atentamente por entre a grade:

— Você machucou muito a mulher lá, hein?

— Foi ela quem veio pra cima de mim...

Os ferimentos atestavam a seu favor.

— Mas qual foi o motivo da briga?

— Ela veio pra cima de mim, queria me tomar o batom!

O guarda voltou-se para o colega ao lado:

— Você está vendo como é o povo? Por causa de um batom!

Voltou-se depois novamente para Rose:

— Você viu o talho no rosto da outra?

Rose ergueu os punhos algemados, num gesto de mártir:

— Vocês algemaram a outra também?

— Ela tá no hospital, filha. Agora vamos te deixar lá na delegacia de J..., pra eles fazerem um B.O. É capaz de você passar uns dias na cadeia lá, hein?

× × ×

A lavratura do Boletim de Ocorrência foi um aborrecimento grande, mas Rose não ficou mais que uma hora na delegacia. Como tinha gente demais na cela feminina, o delegado não queria segurar ninguém por causa de uma "briguinha de puxões de cabelo", segundo as próprias palavras.

Entretanto a notícia da captura da agressora já havia chegado aos ouvidos da família da vítima. Esperavam do lado de fora da delegacia, e eram umas vinte pessoas, sem contar os curiosos. Todos lembravam um pouco a mulher: um povo de pele clara, parecendo muito pobre. Uns meninos brancos, com a pele clara muito suja de terra vermelha, calçando uns chinelos velhos de borracha, com o nariz escorrendo; umas duas ou três garotas grávidas, algumas com nenê no colo, acompanhadas de umas senhoras já passadas dos sessenta, que falavam pelos cotovelos. E à frente desse grupo, uma espécie de tropa de choque familiar, uns rapagões fortes e umas moças corpulentas, aguardava a saída de Rose, com o olhar faiscante de ódio.

Era gente habituada à delegacia. Um policialzinho jovem, recém-ingresso no serviço, achou prudente dar ciência da situação ao delegado:

— Seu Miranda, a turma da Loira está toda aí fora. Pelo jeito, estão querendo fazer um acerto de contas com a menina aí.

O delegado soltou um suspiro de cansaço e preocupação.

— Levem essa menina pra longe dessa cidade, pelo amor de Deus.

Foi preciso uma escolta de três policiais à volta de Rose. O povo respeitou os cassetetes em riste, mas, assim que os policiais acomodaram Rose na caçamba, antes que fechassem a porta, um meio-tijolo zuniu no ar, e acertou Rose nas costas.

A viatura arrancou, cantando os pneus.

✷ ✷ ✷

O posto Rio Grande havia mudado de dono. Sob a nova direção, o zelo com o estabelecimento parecia ter piorado, ou até mesmo desaparecido. Rose não se lembrava de ter visto um banheiro tão imundo e fedorento em toda a sua vida de andanças por aquelas rodovias do interior: o banheiro tinha o piso molhado de vazamentos, a pia e as privadas haviam adquirido uma crosta de sujeira, ao longo de meses de abandono. Em uma das cabines onde ficavam as privadas, faltava um mísero cestinho de lixo — que poderia ter sido improvisado com uma lata de tinta vazia, alguma coisa assim —, e o papel higiênico usado se amontoava num canto...

O restaurante, que nos tempos do Gaúcho funcionava também como um mercadinho, profusamente abastecido de mercadorias dos mais variados tipos, passava agora uma angustiante sensação de vazio. Quase todas as prateleiras de produto haviam sido retiradas, e as mesas para refeição, escassas demais para uma área ampla, lembravam os últimos e melancólicos dançarinos de um baile esvaziado, prestes a tocar sua derradeira canção.

O mesmo padrão do restaurante estendia-se ao negócio de combustíveis. Sobre o painel da bomba de gasolina, via-se um aviso rabiscado num pedaço de papelão: "Gasolina em falta". Sobre a bomba de álcool, mesma coisa. O posto só tinha óleo diesel e ainda assim limitava a forma de pagamento, com um alerta também em papelão: "Não trabalhamos com cartão. Apenas dinheiro!".

No entanto, tamanho descaso não havia espantado toda a clientela. A absoluta falta de cuidado da nova administração parecia apenas ter peneirado os clientes, numa peneira que deixava passar os melhores — ônibus executivos, famílias abastadas a passeio, representantes comerciais viajando a trabalho — mas retinha os piores e mais esmolambados: uns caminhões desconjuntados que pareciam vir soltando pedaços pela rodovia, ônibus clandestinos que transportavam migrantes, carros velhos com gente aboletada uns nos colos dos outros, e até mesmo umas carroças puxadas a cavalo, de sitiantes miseráveis do entorno.

O que atraía tal tipo de gente? Rose concluiu que a resolução desse enigma não lhe traria nenhuma vantagem, e planejou sumir logo dali, conseguindo uma carona rumo ao sul. Mas antes sentou-se num banco do lado de fora do restaurante e acendeu um cigarro.

No bochorno do meio-dia, sem o menor esboço de brisa, a fumaça do cigarro se alongava num fio coeso de uns dois palmos, antes de se desfazer em espirais. Contemplando a dança hesitante desse fio de fumaça, num instante de devaneio, veio-lhe de súbito a recordação de Karina, com quem havia conversado pela primeira vez ali, naquele mesmo banco. Desviou o olhar da fumaça do cigarro e abaixou a cabeça, fitando os pés: as tiras de couro da sandália haviam impresso uns riscos negros de sujeira sobre a pele encardida. Achou na mochila o recibo do pedágio com a foto de Karina. As tintas da foto haviam esmaecido rapidamente, induzindo a memória a considerar longínqua uma lembrança que era até recente, coisa de menos de um ano atrás.

Assim que pegara em mãos aquele recibo, Rose havia tentado contato com Karina por telefone, mas na ocasião ouvira uma mensagem da operadora informando que aquele número de celular não existia mais. Enfiara então o recibo num bolsinho no interior da mochila e o tempo foi passando. Mas agora, naquele momento, sentada ali no banco, sofria um ataque de nostalgia, e em seu pensamento os bons tempos do Tifanys associavam-se à convivência com Karina, por quem havia criado uma viva afeição.

Ademais, a circunstância da foto impressa no recibo de pedágio, chegando-lhe fortuitamente às mãos na cabine de um caminhão, era caso de uma coincidência novelesca, capaz de gerar-lhe no pensamento uma ideia fixa, que exigia providências urgentes.

CAPÍTULO 6
TAJ MAHAL MOTEL

Aos poucos, Suzana foi sendo arrancada das profundezas do sono pelo alarme persistente do despertador do celular, programado para o modo progressivo, que ia aumentando paulatinamente o volume dos toques.

Tomou o celular nas mãos com muita raiva: eram seis horas da manhã de domingo, o único dia de folga integral da semana. Havia se esquecido de desativar a função despertador.

Revirou-se na cama, e tentou voltar a dormir. Mas quando deram as sete horas, desistiu, e levantou-se de uma vez. A claridade do dia se insinuava já pelas frestas da janela, permitindo-lhe divisar o contorno das coisas. Sentada à cama, passeou o olhar pelo quarto em desordem: sobre a mesa, o teclado do computador se espremia entre livros, cadernos, folhas avulsas, uma bolsa e uns dois ou três copos com um resquício de café agarrado ao fundo.

A desorganização do quarto era fruto da rotina extenuante, de trabalho durante o dia — num caixa de supermercado — e faculdade de Direito à noite, em outro município, o que demandava uma hora e meia de viagem na ida, mais outro tanto na volta. Ainda por cima, aquela havia sido uma semana de provas, o que a obrigara a vigílias forçadas. A pior noite foi a de quinta para sexta, ao longo da qual bebera uma garrafa cheinha de café e não dormira nada, nem um minuto.

Do abacateiro do vizinho, muito próximo ao quarto de Suzana, vinha o gorjeio alegre dos pardais. Ela abriu a janela: o dia estava lindo, com o céu resplandecendo de azul. *Que dia bonito! Dá até a impressão que aqui é uma cidade de praia!*, pensou. Deixou então o quarto e dirigiu-se ao banheiro, no corredor.

De banho tomado, foi à cozinha e lembrou-se então de que a mãe e o padrasto haviam feito um churrasco ali na noite anterior, com alguns convidados da vizinhança. Ao chegar exausta do supermercado, às dez da noite, ainda comera uns pedacinhos de costela com pão. Recordava-se agora, a carne estava muito gostosa. As lembranças da noite anterior retornavam-lhe aos poucos, como ocorre com alguém que houvesse tomado um porre. Ela, porém, não havia bebido nada além de um único copo de cerveja, apenas acompanhando o pão com carne. Aquele estado de meia amnésia era fruto do cansaço acumulado.

Garrafas de cerveja vazias aglomeravam-se sobre a mesa, em desordem. Um cinzeiro transbordava de bitucas. A pia também estava uma bagunça, com muitos pratos engordurados, copos com resto de caipirinha... Do lado de fora, a churrasqueira de aço tinha um resto de cinza ainda morna, e uns gomos de linguiça esturricados sobre a grelha. Olhou aquilo tudo com asco: os excessos da mãe e do padrasto desagradavam-na profundamente.

Abriu espaço na pia para preparar o café.

Desde a cena teatral em que Geisa jogara na calçada as roupas da filha Karina — que, segundo um boato maldoso, havia virado garota de programa e teria, inclusive, sido vista (ninguém sabia por quem) num cabaré em D... —, aquela família vinha demonstrando uma persistente vocação para o escândalo.

A vizinhança conhecia bem os casos. O escândalo da expulsão de Karina havia tido dois precedentes no Bar do Matias: a vez em que Geisa estapeou as duas filhas na frente de todo mundo e a cena de ciúmes com a Heloísa do Salão, ex-mulher de Geraldo. Esses dois incidentes ocorreram em uma mesma semana, ou seja, antes que o primeiro se esgotasse como assunto para fofoca, veio logo o segundo.

Mas há que se fazer justiça: a tal Heloísa do Salão, ex-mulher de Geraldo, não era uma flor que se cheirasse, e também teve o seu protagonismo, lá no início. Não era mulher de aceitar desaforos.

Ainda casada, chegaram aos ouvidos de Heloísa alguns rumores: Geisa, viúva na época, havia se tornado frequentadora assídua do Bar do Matias, e tinha sido vista bebendo cerveja com seu marido, na mesma mesa, os dois a sós, isso umas cinco ou seis vezes.

Resolveu ir ao bar para conferir, e já na primeira vez, o boato se confirmou. Os dois de fato bebiam cerveja, na última mesa ao fundo, lá perto do banheiro.

As mãos que estavam entrelaçadas recuaram, num susto. Geraldo parecia ter visto um fantasma:

— Amor, você por aqui...

— Pois é, amor, me deu uma vontade de beber uma cerveja contigo aqui no bar... E essa aí, quem é?

— Vou te apresentar: essa é a Geisa, uma amiga nossa aqui do bar...

— Oi, Geisa, prazer — Heloísa fez que ia cumprimentar até com um beijo, mas, na verdade, preparava uma cabeçada, à traição.

Geisa devia estar com o espírito prevenido contra alguma agressão do tipo, pois teve o reflexo para fugir parcialmente do golpe, que lhe resvalou na maçã do rosto. Ainda assim, doeu bastante, despertando a raiva.

Atracaram-se. Foi necessária a mobilização de praticamente toda a clientela do bar para separar a briga. Apartada da rival, Heloísa xingou-a muito, de alguns nomes pouco lisonjeiros, que lhe vieram à cabeça no momento.

A essa altura, já havia juntado gente na rua, em frente à porta do boteco.

Construía-se a fama.

Até mesmo Suzana, menina discreta, trabalhadeira e estudiosa, muito meiga com as pessoas, também teve um papel, por um capricho do destino. Por conta de um namorico de escola, uma coisa à toa que resultou em nada, atraiu o ódio de uma rival. A menina foi tirar satisfações, e fez uma cena, também ali na calçada da casa, naquele mesmo pedaço de cimento onde foram lançadas as roupas de Karina. Houve um enfrentamento, uns arranhões e puxões de cabelo.

Contudo, a popularidade de Suzana entre o povo do bairro era tal que a opinião pública a inocentou no caso e a culpa recaiu então sobre a outra menina, ainda que esta tivesse lá os seus motivos para zanga. Aos olhos do povo, por um efeito de contraste, o lar problemático ressaltava as virtudes de Suzana.

Houve ainda o revide de Heloísa do Salão. Depois de perder o marido — não houve meio de evitar o divórcio —, Heloísa sentiu necessidade de levantar a autoestima, e passou a se cuidar melhor. Entrou na academia de ginástica, mudou o corte de cabelo, comprou umas roupas...

Numa tarde de verão, parou no Bar do Matias para uma cerveja e reencontrou Geraldo.

— Mas você, hein, depois do divórcio só anda bem-arrumada!

Heloísa gargalhou.

— Senta aí, Geraldo, pega um copo de cerveja. Não tenho mais mágoa de você, não.

O povo no bar sentiu que uma mesma cena iria se repetir, apenas com as atrizes trocando os papéis.

No entanto o tempo passava e Geisa não aparecia. Geraldo e Heloísa embebedaram-se. Um pensamento obsessivo habitava a cabeça de Heloísa: queria dar o troco em Geisa e isso não podia ficar para depois.

— Geraldo, de quem é aquele carro que está sempre parado na porta da sua casa?

— Meu irmão deixou aquele carro comigo, pra ver se eu consigo vender.

— A chave está com você aí? Vamos ficar lá dentro dele, pra eu matar a saudade de você...

Era noite. O carro ficava debaixo de uma sete-copas frondosa, que bloqueava a luz dos postes.

Em casa, Geisa bebia tranquilamente uma cerveja e se preparava para ir dormir. Mas recebeu uma ligação anônima, de alguma vizinha, que disfarçava a voz com um sussurro:

— Dá uma saída na rua, e olha pra dentro do carro...

Geisa foi voando à calçada.

O carro estava estacionado na mais densa treva. Demandando os frutinhos maduros da sete-copas, morcegos voejavam. O carro balançava...

Geisa entrou novamente em casa. Retornou minutos depois, com uma lanterna e um tijolo baiano enegrecido, que era da churrasqueira improvisada...

✖ ✖ ✖

Por limitações financeiras, o Opala ficou um mês sem para-brisas, estacionado na frente da casa com uma lona por cima, como um monumento em memória de um fato histórico.

Depois, o tempo foi serenando e a poeira baixou. Alguns fatos se consolidaram: o relacionamento de Geraldo e Geisa se firmou, Suzana nunca mais se envolveu em nenhuma briga e Karina não voltou mais.

De Karina, ficaram fotos pela casa, em porta-retratos sobre os móveis, em molduras na parede. Geisa tinha um critério para selecionar as fotos: preferia as mais antigas, de Karina ainda menina, que lhe traziam recordações boas e sem mácula. Nas fotos mais recentes, como quem tira uma roupa e veste outra, Karina parecia ter substituído a expressão terna da infância por um olhar desafiador e provocante, que incomodava Geisa. Da noite para o dia, deixara de ser a filha, transformara-se na rival que habitara a mesma casa. Essas duas facetas se baralhavam o tempo todo na cabeça de Geisa, que por isso sentia-se melhor com as fotos da infância.

Suzana também tinha umas fotos da irmã em porta-retratos. Gostava particularmente de uma foto em que apareciam de biquíni, as duas irmãs abraçadas, muito sorridentes, com água até a barriga, refrescando-se em um remanso pedregoso de rio. Isso foi num passeio com uns amigos, uma viagem de duas horas até outro município, e fora uma das poucas vezes em que Suzana usara um biquíni na vida. Por isso quisera a foto dentro da água: tinha vergonha da marca do short, um palmo e meio de pele branca que descia da cintura até o meio das coxas. Na época, Karina também tinha a mesma marca, mas não ligava, e falava que a irmã era caipira por dar importância a isso. Suzana gostava muito daquela foto, achava que tinha ficado bonita; a irmã também, muito linda...

Agora fazia já dois anos que Karina havia sumido. Foram tocando a vida. Entre os que ficaram na casa, a convivência acabou evoluindo para um nível bastante aceitável. Até mesmo a relação entre Geraldo e Suzana, de início pautada pela desconfiança mútua, acabou assumindo um fundo paternal. Acontecia que Suzana tinha mesmo uma meiguice e uma afetividade transbordantes, que lhe escancaravam as portas na vida. Além disso, possuía uma facilidade para enxergar o lado positivo das pessoas, e para desprezar e fazer vista grossa aos defeitos. Reconheceu que o padrasto trabalhava duro, chegava tão cansado do serviço... Achava também que ele havia organizado as coisas ali, coibia as despesas supérfluas de Geisa, não deixava faltar nada em casa.

Suzana presenteou-o então com uma jaqueta no dia do aniversário dele, "pra proteger da friagem lá no depósito de gás". De fato, o depósito ficava numa esquina desprotegida na parte alta da cidade, e o alambrado deixava o vento correr solto no inverno...

Geraldo se desarmou. Ademais, o carisma de Suzana cativava até os frequentadores dos botecos do bairro.

— Menina bacana é sua enteada... Ali a educação sobra — diziam, com uma cara de espanto. — Nem parece que ela vive na mesma casa que você!

Geraldo se defendia:

— Se tem uma coisa que meu pai me deu com fartura foi educação...

Mas os parceiros de boteco espezinhavam de volta:

— Se ele deu, então você jogou fora igual ao dinheiro que você aposta na sinuca!

— Mas o engraçado é que de você até hoje eu só ganhei...

— Mas é porque você só jogou uma vez comigo, num dia em que eu estava mal.

— Pois então vamos jogar outra, que eu quero ganhar mais dinheiro!

— Mas só se for agora...

✳ ✳ ✳

A cidade de G..., onde viviam Geraldo, Geisa e Suzana, tinha uma população de uns vinte mil habitantes, e um comércio acanhado que sofria com a concorrência de uma cidade próxima, com o triplo do tamanho. Nessa altura da história, não contava com nenhuma casa de mulheres.

O comércio do sexo na cidade passava por uma fase de relativa escassez, que já durava bem uns dez anos, desde que o Sítio da Sheila — que se localizava na estrada a meio caminho da usina — fechara a porteira para depois literalmente desaparecer do mapa, substituído por uns cinco hectares a mais de cana. Na cidade, até havia gente que se dedicasse a esse tipo de atividade, mas de forma amadora e esporádica. Ainda havia lá umas meninas que quebravam o galho dos migrantes cortadores de cana, mas eram umas coitadas muito pobres, que, por necessidade, complementavam a renda e só. Havia uma ou outra faxineira, lavadeira ou mulher sem ocupação definida, que cedia às instâncias de alguém em um bar, mas que pedia em troca uns trocados, geralmente uma quantia fixa e com um objetivo predeterminado, para um botijão de gás que havia acabado no fim do mês, uma conta de luz atrasada, um remédio para um menino... Nessas ocasiões, muitas vezes acontecia de o provedor do dinheiro enredar-se à mulher, e um caso que ele pretendia provisório, uma aventura de uma só noite, avançava por um mês, dois meses, um ano, uma vida inteira...

No dia em que Rose chegou à cidade, com a foto de Karina no recibo de pedágio, estava decidida a procurar de imediato a família da desaparecida. Mas acabou tendo que fazer uns programas antes, para poder pagar uma diária de pensão.

Havia sido deixada no trevo da cidade por um caminhoneiro e fora a pé, pela via de acesso, até o centro. Fazia calor e Rose se lavou como pôde no banheiro da rodoviária. Depois, passou um batom e um perfume.

No boteco da rodoviária, um senhor aposentado bebia uma cerveja ao balcão, sentado em um banco, conversando com o dono do estabelecimento, que contava dinheiro do lado de dentro no caixa. Rose se aproximou como quem não queria nada, ficou olhando os chocolates expostos sob o vidro no balcão, com a minissaia pelo meio das coxas...

Os homens interromperam a conversa sobre futebol.

— Moço, o senhor me arranja um copo d'água? Da torneira mesmo.

Sentou-se em um banco em frente ao aposentado e ajeitou a saia, tentando esconder as pernas, com um pudor falso.

— Aceita um copo de cerveja, moça?

×××

Passados uns dois meses, a presença de Rose já havia sido notada e comentada por quase todo mundo na cidade.

A demanda por seus serviços foi intensa. Por uma obediência instintiva à lei da oferta e procura, Rose subiu o valor do programa, e entrou em uma fase de abonança. Comprou roupas novas, sapatos, cosméticos e renovou o visual no cabeleireiro.

Diante da dificuldade para ser aceita nas pensões da cidade, acabou alugando uma casinha com telhado meia-água, com banheiro e mobília básica, no bairro mais pobre da cidade, o Jardim Miriam. A proprietária era a Dona Anita, uma aposentada muito humilde, beirando os oitenta anos, que morava na casa ao lado e não tinha frescura com nada:

— Minha filha, eu não tenho nada com a sua vida não, e você me perdoe a curiosidade, mas quem é essa rapaziada que fica vindo, uma de cada vez, aí na sua casa? — perguntou um dia, depois de receber o dinheiro do aluguel.

— São meus amigos da cidade.

Estavam sentadas em umas cadeiras de descanso, no alpendre de Dona Anita, e bebiam um café novo, recém-passado no coador de pano. Dona Anita matutava, olhando as roupas novas de Rose no varal, do outro lado do muro.

— Pois, se eu pudesse voltar ao passado, eu faria como você e arranjaria um tanto de amigos. Eu era bonita que só quando era nova... Em vez de amigos, o que eu arranjei foi um marido cachaceiro. De que adiantou casar? Passei a vida inteira aí, esfregando roupa nesse tanque! Agora já era, ficou pra trás! Mas você veio de onde?

Rose não gostava de entrar nesse assunto de origens:

— Sou de R...

— Sei, já ouvi falar.

— E a senhora?

— Sou daqui mesmo, nascida e criada.

Rose lembrou-se de Karina, da foto no recibo: *Talvez ela conheça...*

— Dona Anita... — ia começando, mas interrompeu-se: alguém a chamava no portão de casa.

— Vai lá, minha filha, é mais um amigo que chega. Não perde tempo com essa velha aqui não...

Rose foi saindo, de bom humor:

— Tchau, Dona Anita, outra hora a gente conversa mais. Obrigada pelo café...

※ ※ ※

Deitada na cama, Rose acendeu um cigarro e ligou a televisão.

Não estava dando certo aquilo de receber os clientes em casa. O programa terminava, mas tinha cliente que não queria ir embora de jeito nenhum. Desejavam era conversar, perguntavam por cerveja, iam ficando... Isso quando não pegavam no sono, um sono pesadíssimo, geralmente o desfecho de um longo tempo de embriaguez.

Enquanto o cliente da vez — um rapaz de uns vinte e poucos anos, balconista em uma loja de materiais elétricos — relatava em detalhe sua primeira vez com uma mulher, Rose refletia sobre uma mudança na condução de seus negócios. Daquele dia em diante daria um jeito de levar os programas para o motel Las Vegas, lá na rodovia. Cliente seu teria que ter pelo menos uma moto. No motel, ela queria ver se alguém ia enrolar, com o tempo correndo, a conta dobrando depois de uma hora! Se o cliente dormisse, tanto melhor: ficaria lá dormindo, cozinhando a bebedeira, que ela agora tinha um celular e o moto-táxi chegava em dez minutos depois da chamada.

— E a sua primeira vez, como foi?

— Hein? — mergulhada em pensamentos, Rose nem estava ouvindo nada.

— Sua primeira transa, como foi?

— A minha primeira transa foi muito boa. Foi com um homem muito lindo. Terminou a cerveja aí, gato? É que eu tenho que dar uma saída.

O rapaz despejou no copo de plástico o resto de cerveja da lata; na verdade, um meio copo de cerveja morna, que parecia só espuma. Tinha um cotovelo apoiado sobre a pequena mesa onde Rose amontoava suas coisas. Pegou o recibo de pedágio, olhou de perto a foto de Karina. Rose percebeu:

— Você conheceu essa menina aí?

— Conheci de vista; é a irmã da Suzana, que trabalha no caixa lá no supermercado Giusepe. A história é que ela estava de rolo com o padrasto e então foi expulsa de casa pela própria mãe. Foi um barraco danado no dia, uma cena na calçada, na frente de todo mundo... O povo na cidade diz que ela virou garota de programa, numa zona lá em D...

O Tifanys que Sofia deixara era um estabelecimento pobre e decadente, mas que não devia nada na praça. Foi o que Karina constatou, remexendo nuns armários que ficavam sempre trancados à chave: todas as contas — de luz, água, IPTU, fornecedores — estavam pagas e arquivadas de modo sequencial, numas pastas de elástico.

Além disso, havia três meses de aluguel pagos em adiantamento, por precaução do proprietário, na época da assinatura do contrato. Karina conseguiu um prazo de quinze dias do fornecedor de bebidas, e na terceira noite após o enterro de Sofia, a casa reabriu.

As meninas comentavam:

— Você tá chique agora, hein Karina? Virou empresária.

Passado o primeiro mês de funcionamento sob a nova direção, o dinheiro sobrou no caixa, e Karina deu entrada num *freezer* novo.

Com a cerveja novamente trincando de gelada, a clientela foi retornando aos poucos. Karina pagou então o conserto do *neon* da fachada, e pouco tempo depois, já apareciam meninas novas, algumas até de outros estados, pedindo trabalho. Se fosse mulher bonita, depois de uma rápida entrevista — três ou quatro perguntas rasteiras: se era maior de idade, se era solteira, se já fazia programas —, a candidata era admitida.

Entretanto, com o aumento do plantel na casa, Karina ouviu as primeiras reclamações. As veteranas perdiam clientes para as novatas e se enfureciam. Houve algumas discussões ríspidas. Não demorou, aconteceu a primeira briga:

— Ô, colega, eu precisava ter uma conversinha contigo.

— Pois não, colega.

— Pra quem acabou de chegar na casa, você até que é uma pirralhinha meio folgada.

— Como assim? Eu estou quieta aqui na minha.

— "Estou quieta aqui na minha". — Com uma voz de falsete, a veterana arremedou o sotaque forasteiro da novata. — Olha aqui, pirralha, da próxima vez que você vier se engraçar com cliente meu, eu enfio essa garrafa de cerveja aqui inteirinha na sua boca!

— Quem era cliente seu? Não tenho culpa se o homem gostou mais de mim que de você! Você tem é que se conformar, porque tem cliente que só gosta de mulher mais nova!

A garrafa *long neck* voou na direção da novata, acertando-a num seio, sem se quebrar, mas doendo como uma pedrada. A menina gritou, curvando-se de dor.

Ato contínuo, a veterana aproveitou para agarrar-lhe o pescoço por trás. Apertou-o com ambas as mãos:
— Sua cascavelzinha!
Karina gritou em direção à portaria:
— Ari, acode aqui, homem! Ela vai matar a menina!

※ ※ ※

A veterana não chegou a matar a menina — Ari acudiu a tempo —, mas Karina se assustou com o caso, e ficou na dúvida se deveria assinar um novo contrato de aluguel e assumir de vez a direção da casa.

Acabou não assinando nada. Achava que poderia querer sair do Tifanys, de uma hora pra outra, e deixou isso claro ao proprietário do imóvel. Combinaram então que o pagamento seria feito mês a mês, de forma adiantada.

A cada final de mês, Karina enfrentava então aquele dilema: ficar mais um pouco, ou sumir dali, pra qualquer lugar, pra tirar umas férias, viajar, pensar na vida, gastar o dinheiro...

A administração do Tifanys era um fardo pesado sobre os ombros e ela começava a sentir o estresse. Estava fumando muito, sentia dores no estômago, dormia mal... A lembrança de Sofia, consumindo-se como uma vela ali naquele balcão, até a morte trágica na solidão do apartamento, atravessou-lhe a mente como o voo rasante de uma ave de mau agouro.

Passeou o olhar pelo ambiente esfumaçado da casa. Próximo ao caixa, sentada ao balcão, uma das meninas teve um acesso de tosse. Tossiu longamente, uma tosse seca e convulsiva, acompanhada de profundos arquejos do tórax. As outras — àquela altura da madrugada, eram outras três somente — observaram-na com expressão sádica. A menina que tossia era nova, bonita e altiva, e tinha feito cinco programas na noite, enquanto outras não tinham feito nenhum. Que morresse de uma vez! Assim era a vida no Tifanys, principalmente no fim do mês, quando os clientes escasseavam: cada uma por si, todas contra todas.

Por fim, a menina conseguiu controlar a tosse. Uma das outras mulheres não se furtou a uma brincadeirinha maldosa: acendeu um cigarro, e estendeu-lhe o maço:

— Pega um cigarro aí, colega, pra rebater...

Com um gesto da mão, a menina recusou e agradeceu:

— Agora não, obrigada.

— Mas por que não? Pega aí!

Explodiram algumas risadas sarcásticas. Karina interveio:

— Bianca, deixa a menina quieta.

— Ela tá rendendo dinheiro, não é, Karina?

Karina estava naquela fase do mês em que as mulheres ficam com o pavio curto:

— Eu falei pra deixar a menina quieta, caralho! Ou você vai querer discutir comigo agora?

— Vou querer, sim. Você não é dona de nada aqui; só entrou no vácuo da defunta!

Karina ouviu aplausos de aprovação, em meio a uns assovios agudíssimos, que lhe irritaram os tímpanos. Estava no momento organizando as notas de dinheiro no caixa, e viu que suas mãos tremiam de raiva. Levantou o rosto em direção à mulher, em pé do lado de fora do balcão, e encontrou um olhar atrevido e desafiador.

Todas calaram, aguardando uma reação, e Karina compreendeu que estavam colocando sua autoridade à prova. Bastava engolir aquele desaforo, que tudo iria desandar no Tifanys.

Fechou a gaveta do caixa e passou para o lado de fora do balcão, aproximando-se da mulher.

— Como é que é?

— É isso aí mesmo que você ouviu. Você não manda nada aqui; só ficou no vácuo da defunta!

Karina empurrou a mulher, com as duas mãos e com toda a força, mas foi como tentar derrubar um poste: a outra nem se mexeu. E devolveu o empurrão, deslocando Karina dois passos atrás.

Karina tomou impulso e avançou sobre a mulher. Nesse primeiro assalto, levou um soco no queixo e ficou tonta. A luta lhe era claramente desvantajosa.

No entanto foi favorecida por um golpe de sorte. Na segunda investida, já movida pelo desespero que lhe aumentou as forças, fez a mulher tropeçar no degrau do palco, desabando sobre uma mesa e chocando a cabeça duramente contra o assento de uma cadeira. Foi um nocaute.

Karina pulou-lhe em cima, agarrou-lhe os cabelos, e bateu a cabeça da outra repetidas vezes contra o piso:

— Agora você vai me falar quem é que manda aqui! Fala, sua vagabunda!

Nisso, Karina sentiu um golpe, alguma coisa se quebrando com facilidade contra seu crânio, ao mesmo tempo em que um líquido geladíssimo se derramava em seus ombros. Era uma garrafada.

Justo nesse momento, o segurança Ari — que havia dado uma saída rápida para comprar cigarros — adentrou o recinto. As duas mulheres estavam tombadas ao chão, desacordadas. As outras aglomeravam-se em volta. A cabeça de Karina descansava sobre uma poça de sangue.

✖ ✖ ✖

A garrafada resultou em dois cortes paralelos, que começavam na parte frontal do couro cabeludo e desciam pela esquerda da testa, à imagem de dois rios desaguando em um terceiro rio mais largo, a sobrancelha esquerda. Logo abaixo do olho esquerdo — que, segundo o médico no pronto-socorro, se salvara por um triz — mais um pequeno corte coadjuvante, na diagonal, riscando a maçã do rosto, completava o quadro. Ao todo, vinte e seis pontos de sutura.

A cabeça raspada. Olhando-se ao espelho, Karina chorou. Ari visitou-a em casa.

— Você descobriu quem foi que me deu a garrafada?

— Não, ninguém quis falar nada. Mas para mim foi a Rita, que era unha e carne com a Bianca.

— Por via das dúvidas, vou mandar todo mundo embora.

Depois de uns dias, foi ao hospital tirar os pontos. Com o cabelo ainda curto, as cicatrizes destacavam-se abertamente no rosto, cujos relevos se tinham acentuado pelo emagrecimento recente. Achou-se parecida a uma heroína de filme de ação, ferida mas vencedora, avançando impassível rumo a um objetivo final.

E o enfrentamento rendera frutos, segundo Ari.

— Está todo mundo comentando que você é louca e não afina pra ninguém. Encarou a Bianca, que tem o dobro do seu tamanho e ainda é fichada na polícia, por ter esfaqueado um homem lá em R...

— E cadê ela?

— Eu sei lá. Já passei umas cinco vezes em frente à casa onde ela morava lá no Santa Gertrudes, mas não vi sinal de morador. Deve ter sumido no mundo...

✳ ✳ ✳

Por precaução, Karina comprou uma pistola, que carregava na bolsa e mantinha sempre ao alcance da mão.

O cabelo cresceu, e a franja ocultou as cicatrizes do lado esquerdo da testa. A cicatriz diagonal na maçã do rosto ficou exposta, mas era mais fina e discreta, e além do mais, Karina a considerava um troféu, que ajudava a compor o semblante rude que impunha respeito ali no caixa.

Sentia até mesmo satisfação quando, na hora de pagar a conta, olhando-a mais de frente, do outro lado do balcão, algum cliente perguntava:

— Que foi esse corte no seu rostinho, amor?

— Isso foi de uma briga. Uma luta que eu venci. Sua conta deu cento e setenta reais, meu anjo. Vai pagar em dinheiro ou cartão?

✹ ✹ ✹

O negócio do Tifanys era duro e exigia sacrifícios, mas dava dinheiro. Karina comprou um carro e mudou-se da casinha na periferia para um apartamento de dois quartos no centro, num prédio mal-afamado na cidade.

Seguiu-se um período de calmaria e rotina, em que as semanas se sucediam, com poucas novidades. Karina acordava depois do meio-dia, almoçava na rua, depois passeava despreocupadamente pelo calçadão do centro, olhando as vitrines, entrando nas lojas, experimentando roupas, sapatos, alguma joia. Quase sempre comprava alguma coisa.

Depois, lá pelas quatro, aproveitando o restinho do horário comercial, ia despachar no Tifanys, organizar as coisas, encomendar bebida, conferir a contabilidade etc. No comecinho da noite, chegavam as primeiras meninas, e, logo depois, os primeiros clientes, recém-saídos do trabalho. A noite avançava, com as ruas ficando desertas. E o movimento no Tifanys oscilava como um pêndulo, às vezes no espaço de uma mesma noite: ora lotado — com as meninas tendo que fazer hora com os clientes nas mesas, por falta de quartos livres — ora vazio e triste, imerso numa atmosfera melancólica e dramática, como a letra de um bolero antigo.

No domingo, dia de folga, Karina vestia uma roupa e ia ao shopping da cidade, para almoçar e passear. De vez em quando, solitária como um fantasma, via um filme da matinê. Depois, em casa, bebia uísque, assistindo à televisão. Embebedava-se, e começava a falar sozinha. Despertava no meio da madrugada, com a sala em meia-luz, iluminada por lampejos da TV. Desligava o aparelho, e o silêncio pesado da madrugada de segunda-feira se abatia sobre a treva do apartamento. Acendia então a luz: o sofá queimado pela bituca do cigarro, um copo quebrado, e de vez em quando, vômito espalhado...

— Fala, meu anjo. Mais uma cerveja?
— Sim.
O rapaz encostou-se ao balcão.
— Você é quem comanda a casa aqui?
— Sim, eu que comando.
— E você também faz programas?
— Dependendo do cliente, faço.
— Comigo?

Karina não respondeu; apenas esboçou com a boca um sorriso vago, acompanhado por uma expressão maliciosa dos olhos, sob a curvatura caprichosa que tinham suas sobrancelhas. Aquele rapaz havia chegado cedo à casa, por volta das nove horas da noite, e havia se sentado em uma mesinha ao fundo, onde bebera uma cerveja atrás da outra. De relance, Karina bateu o olho na comanda, sobre o balcão: umas oito latinhas de cerveja. Durante todo o tempo em que estivera sentado, o rapaz manteve no rosto uma expressão sombria, num semblante petrificado de estátua. Uma a uma, as meninas o haviam assediado, mas ele as repeliu de volta também uma a uma, com uma polidez fria.

Encostado agora ao balcão, o rapaz aguardava uma resposta, fitando Karina com um olhar penetrante. Parecia ter por volta de uns vinte e cinco anos, tinha feições morenas, e os cabelos fartos, lisos e pretíssimos, pareciam ter passado algumas semanas do seu ponto usual de corte. Era magro e alto, e usava botas em estilo caubói. Pelo tanto que havia bebido, parecia pouco embriagado.

— Mas com tantas meninas que eu tenho aí na casa...
— Mas você é a mais bonita.

Karina falou então o preço do programa: o dobro do que as meninas cobravam. Num primeiro instante, mantendo a fisionomia impassível de sempre, o rapaz parecia não haver estranhado o preço. Mas depois de refletir por um momento, quis entrar em negociações:

— Eu acho um pouco caro, hein?

Karina irritou-se:

— Você quer ficar com a dona do estabelecimento aqui e ainda quer pagar barato? A casa tá cheia de mulherada aí, meu amigo. Mas, se você quiser encontrar uma pechincha mesmo, é só você dar uma passada na rua Sete, lá tem mulher que aceita até dez reais. Aqui ninguém aceita mixaria.

O rapaz parecia refletir. Karina fingia organizar uns papéis na gaveta do caixa, e lançava-lhe olhares furtivos, de viés. O rapaz tinha uma pulseira e uma corrente no pescoço, tudo de ouro. E ainda ficava matutando se fazia o programa ou não... Karina quis encerrar a conversa:

— Você já quer pagar a conta? Daqui a pouco eu vou fechar a casa. — E estendeu a mão, esperando a comanda.

— Qual o seu nome, linda?

— Karina. — Não devolveu a pergunta.

— Prazer, meu nome é Alexandre. — Foi entregando a comanda a Karina. — Quanto deu minha conta aí, Karina?

※ ※ ※

Na noite seguinte, Alexandre reapareceu e foi logo se sentando em um banco junto ao balcão, ao lado do caixa.

— Oi.

— Oi — Karina respondeu com indiferença.

— Ô gata, desculpa aí se eu enchi seu saco ontem. Eu estava meio cansado da viagem e acabei bebendo umas a mais... Desculpa aí.

— Está certo.

— Olha, eu trouxe uma coisa pra você. — E foi tirando um embrulho de dentro de uma sacola.

Eram uns bombons finos, numa embalagem em formato de coração.

— Pra mim? Imagina, não precisava... Que lindo! Vem cá, me deixa eu te dar um beijo. — Karina debruçou-se sobre o balcão e beijou Alexandre no rosto.

Alexandre estava de barba feita, perfumado, com roupa nova, cabelo penteado com gel. As mulheres que estavam na casa e viram a entrega do presente, entreolharam-se e em seguida cochicharam entre si:

— Olha lá, ela tá caidinha... Tá derretida igual a uma manteiga... Hoje ela vai tirar as teias de aranha!

Esses comentários tinham lá seu fundamento, pois aquele simples presente havia abalado um pouco a sustentação de Karina. De fato, naquele momento, a profissional vacilava, cedendo espaço à mulher, uma mulher como qualquer outra. Fazia já um bom tempo que não tinha relações com homem. Karina sorriu de si mesma: uma garota de programa, vivendo na seca...

— E aí, gato, tomou uma decisão? Vamos fazer o programa hoje?

— Vamos.

— Você está de carro aí fora?

— Estou.

— Então espera um minutinho que eu vou fechar a casa e a gente vai pra um lugarzinho só pra nós dois, pode ser? Hoje eu vou fechar mais cedo.

✖ ✖ ✖

Era erma e suave a noite. No canteiro central da avenida, a fileira de ipês amarelos — jovens e franzinos como adolescentes — tinha as folhas ásperas balançadas por uma leve brisa.

— Entre na próxima rua à direita e toque reto até o fim.
Adentraram uma rua de bairro, de árvores frondosas, que bloqueavam a luz dos postes. As casas dormiam em silêncio.
Karina aprumou-se no banco do carro, virou o corpo em direção a Alexandre, e pôs-lhe uma mão sobre a perna:
— Sabe que você é um gato?
— Obrigado... Você também é uma gata.
Começou uma música boa no rádio e Karina tirou um cigarro da bolsa.
— Posso?
— Acende um pra mim também.
Mais à frente, a rua terminou. Chegavam à marginal da rodovia.
— Direita de novo. O melhor motel é o último, o Taj Mahal, umas quatro quadras à frente.
Mais um pouco e avistaram já o *neon* do Taj Mahal, um convite reluzente entre duas palmeiras, plantadas à frente da fachada.

✳ ✳ ✳

Depois do sexo, adormeceram abraçados, na penumbra avermelhada do quarto. Passados uns quinze minutos, Alexandre despertou, com a boca seca. Sacudiu Karina, com delicadeza:
— Karina... Acorda. Vamos tomar uma cerveja?
Com a cabeça pousada sobre o peito de Alexandre, Karina abriu os olhos. Ergueu-se de supetão, aprumando-se:
— Nossa, eu apaguei! É a canseira...
— Então, vamos tomar uma cerva?
— Prefiro um uísque. Eu pago se precisar.

— Imagina. Uísque é uma boa. Vou querer um também — Alexandre levantou-se da cama, e pediu as bebidas pelo interfone.

— Mas me conta sobre você. O que você faz da vida?

— No momento, estou viajando, tirando umas férias. Até a semana passada eu estava ajudando minha mãe, que tem uma casa com umas meninas, lá em T...

✖ ✖ ✖

Metade era verdade. A mãe de Alexandre — seu nome era Fátima — era mesmo dona de um bordel, só que não era em T..., mas, sim, em L..., cidade distante, em outro estado. Antes, porém, de conquistar essa posição, tivera que passar por alguns maus bocados, lá no início da carreira.

Jovem ainda, menor de idade, engravidara de um cliente eventual, por conta de um preservativo que estourara. Na época, pagava aluguel por um quarto no apartamento de Tânia, uma mulher decadente, já beirando os cinquenta, que custava a arranjar clientes e que a explorava. O esquema funcionava assim: Fátima batia o ponto na rua e, quando aparecia algum cliente, subiam as escadas nodosas do prédio de quatro andares, erguido num começo de ladeira, quase na esquina com uma importante avenida do centro de L.... Tânia aguardava no apartamento e recebia das mãos do cliente o dinheiro, do qual ficava com a maior parte.

Com o avanço da gravidez, Fátima foi obrigada a parar com os programas, passando então a viver de favor. Como essa circunstância lhe era lançada à cara todos os dias por Tânia, Fátima resolveu voltar para a casa do pai. Infelicidade dobrada: o pai alcoólatra, um irmão viciado em *crack* e uma madrasta — essa uma mulher sem vícios — que a perseguia e atormentava. Fátima não aguentou dois meses completos e foi bater de volta na porta de Tânia.

— Ah, você voltou, né, sua ingrata! Com esse barrigão...

Pelo menos, foi recebida, com a condição de que pagasse o aluguel atrasado quando pudesse voltar à atividade.

Sem a renda de Fátima, Tânia precisou se virar para arranjar dinheiro e entrou em relações com a bandidagem do centro da cidade. Começou então no apartamento, dia e noite, um entra-e-sai de gente suspeita, mal-encarada, fichada na polícia... Tânia encontrou uma ocupação para Fátima: preparar trouxinhas de cocaína para os aviões — os varejistas volantes do tráfico — venderem na rua.

Por fim, nasceu a criança, e, depois de um resguardo incompleto, Fátima voltou a bater o ponto na calçada da avenida. E assim Alexandre passou os três primeiros anos de vida sob os cuidados de Tânia, que tinha o hábito de colocar uma pontinha de conhaque no leite da mamadeira como tranquilizante.

A guinada na vida de Fátima veio na forma de um golpe de sorte: caiu nas graças de um fazendeiro viúvo, um senhor já passado dos sessenta, que estava na cidade em viagem de negócios. A coisa se deu ali mesmo, na avenida, numa noite de movimento fraco: retornando de um jantar de negócios, o homem viu Fátima, mandou o motorista particular parar o carro e convidou-a a entrar. Fátima acomodou-se no banco de trás e foram para o hotel.

A beleza dela — que tinha uns olhos negros e misteriosos de espanhola — virou a cabeça do homem:

— Vim pra cidade pra comprar um gado, mas não esperava encontrar uma novilhinha tão bonita! Você quer vir pra fazenda comigo, filha?

— Se eu puder levar o menino junto, eu vou.

Já no dia seguinte, foram ao apartamento para pegar Alexandre e seus pertences, que cabiam em duas malinhas pequenas. Iniciou-se então um bate-boca com Tânia acerca de dívidas pendentes, que o fazendeiro liquidou ali mesmo, com dinheiro vivo e com o desprendimento de quem paga um picolé.

Na casa da fazenda, a sorte continuou a agir em favor de Fátima. O fazendeiro, apesar da idade um tanto avançada, tinha a mãe ainda viva, uma senhora octogenária, de saúde ainda firme, de bom coração e que ainda influenciava muito as decisões do filho. Essa senhora, apesar de ter recebido Fátima com uma cordialidade satisfatória, ficou um tanto contrariada com a situação. Assim que encontrou oportunidade, falou a sós com o filho:

— O que você está fazendo é uma sem-vergonhice!

— Mamãe, eu estava muito triste sem mulher, desanimado, sem ver graça na vida... A senhora não vê como agora eu mudei?

A velha calou-se por uns instantes. *Isso era verdade... A menina parecia boazinha, quem sabe não dava certo?*

— Pois então, vocês têm que casar na igreja, como gente direita. Da forma como está, isso é uma sem-vergonhice!

Dois meses depois, apesar da oposição dos filhos do noivo — dois homens já com família constituída, que haviam herdado a parte da mãe falecida e viviam em fazendas adjacentes —, celebrou-se o casamento. E assim foi que Fátima, da noite para o dia, se viu dona de pelo menos uns quinhentos hectares de terra, tudo já com pasto formado, com gado solto e ainda um sistema de confinamento.

A fazenda do velho era bonita, moderna e cheia de gado, e do varandão da casa, a vista se derramava prazerosamente sobre as águas mansas de uma grande lagoa onde se punha o sol.

Contrariando as expectativas, Fátima cumpriu bem seu papel de esposa e cuidou bem do marido, ganhando uma aceitação, ainda que com algumas reservas, do resto da família. O velho, por sua vez, tinha a vaidade de exibir a esposa jovem, e assim Fátima foi introduzida no mundo dos negócios: frequentou leilões de gado, acompanhava as operações de venda do rebanho para corte, pagamento dos funcionários, reuniões com o advogado etc. Curiosa e observadora, perguntava tudo ao velho, que lhe respondia sempre com paciência e boa vontade:

— É bom mesmo você conhecer meus negócios, porque a minha hora deve chegar antes da sua...

Enquanto isso, Alexandre crescia rapidamente, e até os seis anos, teve uma infância de sítio: solto no terreiro, brincando com os cachorros, pescando lambaris na lagoa, subindo em árvores...

Foi quando o velho adoeceu de câncer na próstata. Foi uma doença fulminante; ao cabo de um mês após o diagnóstico, o homem que tinha saúde vigorosa e fazia caçadas a cavalo no cerrado, viu-se prostrado num leito de hospital, tendo que encarar a morte. À sua cabeceira, velava Fátima.

— Minha filha, cuide bem do menino... Você vai ter terra e dinheiro, dê um futuro a ele!

A morte veio rápido. Depois, sem o velho, a casa vazia e silenciosa. Esquecido sobre uma mesa, o chapelão de abas largas... Fátima entristeceu-se muito mais do que esperava, e sentiu vontade de sumir dali, deixar tudo para trás, fugir das lembranças.

Seguiu-se a partilha dos bens. Um dos filhos do falecido fez uma proposta a Fátima: comprar-lhe a parte herdada, com pagamento à vista, depositado na conta do banco. Fátima aceitou, e depois de concluído o negócio, voltou para a cidade de L..., levando Alexandre na caminhonete.

Hospedou-se com o menino no melhor hotel da cidade. Já tinha alguns planos em mente: comprar uma casa, matricular Alexandre na escola, abrir uma loja ou um restaurante, qualquer coisa assim... Foi quando ouviu a conversa de dois viajantes na recepção do hotel; pelo visto, comentando sobre uma noitada:

— Rapaz, mas que ressaca! O dia hoje vai ser longo!

— E o lugar lá nem está valendo o sacrifício, hein? Ô lugarzinho ruim! Só mulherada derrubada e ainda pouca!

— Mas você se lembra do taxista explicando pra nós na volta? O lugar lá está quase falido, é questão de dias...

— Paradise Night Club... Quem vê de fora, não imagina como é dentro... Se o *paradise* é assim, imagina o inferno... Grande porcaria!

No mesmo dia, Fátima foi ao Paradise para falar com o dono. Era uma casa ampla, com muito espaço no bar, três mesas de sinuca e umas vinte mesas, por onde vagava uma meia dúzia de mulheres desgraciosas, quase sempre meio bêbadas, em quem os trajes sensuais resultavam cômicos. Àquela hora — eram umas nove da noite — não havia nenhum cliente ali e as mulheres pareciam procurar no fundo de si um pouquinho de ânimo, talvez para não sucumbir ao sono: dançavam, fumavam, pilheriavam, saíam à rua, voltavam...

Fátima chegou-se ao balcão e falou com a mulher magra e mal-encarada que ficava no caixa:

— Eu queria falar com o dono da casa. — Com o volume altíssimo da música, precisou gritar aos ouvidos da mulher.

— Aqui não tem vaga pra mais ninguém não, moça.

— Quem falou em vaga? Eu queria saber se o dono tem interesse em vender o estabelecimento aqui.

A mulher observou-a com mais cuidado e reparou então nas joias: no pescoço, nas orelhas, nos dedos...

— Só um momento...

A mulher abaixou o volume da música e pegou o telefone:

— Seu Rogério, é a Dida. Tem uma mulher aqui querendo falar com o senhor, está perguntando se o senhor tem interesse em vender o Paradise... Ah, o senhor vem aqui? Então está bom, até mais.

❊ ❊ ❊

Num piscar de olhos, foi fechado o negócio. Fátima investiu algum dinheiro na revitalização do estabelecimento: fez uma reforma geral, pintou, contratou uma decoradora, comprou mobília nova, colocou o nome Paradise em *neon* na fachada. Espalhou também alguns *outdoors* na rodovia de acesso à cidade, divulgando a casa sob a nova administração. E o negócio vingou novamente.

❊ ❊ ❊

Nesse ponto da narrativa, Alexandre chacoalhou o gelo no copo de uísque, e ficou pensativo. Depois, numa talagada única, emborcou o resto da dose. Seus olhos assumiram uma expressão inflamada, com o olhar fixo em um ponto qualquer do quarto, o pensamento absorto em alguma reflexão extrema. Parecia ter iniciado o balanço íntimo e retrospectivo que os bêbados começam a processar a partir de uma dada altura da embriaguez. Karina agarrou-lhe os cabelos da nuca, de brincadeira:

— Quer dizer que você foi criado no meio da mulherada, hein? Seu safado.

Alexandre esboçou um sorriso frouxo. Estavam sentados lado a lado na cama, com as costas apoiadas à parede. Um sinal difuso da claridade da manhã começava já a amarelar a penumbra do quarto e ele consultou então o relógio.

— Vamos nessa, coração? Minha cabeça parece que está pesando... Vou te levar pra sua casa, e depois procurar um hotel onde dormir na cidade. Amanhã sigo viagem — levantou-se da cama, mas ao ensaiar um primeiro passo rumo ao banheiro, cambaleou e precisou apoiar-se pesadamente à mesinha de plástico. O copo de uísque espatifou-se no chão.

— Ehhh, tem gente sem condição de dirigir aqui hoje... Se você quiser, me dê a chave do carro que eu dirijo. Você começou a beber muito antes de mim.

Alexandre apontou com o braço a chave sobre a mesinha, denotando indiferença.

— Pra onde você quer ir? Pra um hotel?

— Me leva pra qualquer lugar. Com você eu vou até pro inferno...

CAPÍTULO 7
O AMANHECER NA PRAÇA

Foi no início de dezembro, quando as primeiras luzes de Natal começaram a aparecer nas janelas das casas, que Suzana reparou pela primeira vez em Rose.

Voltava para casa, num sábado, no comecinho da noite. O dia havia sido muito corrido no trabalho: o povo estava com o décimo terceiro no bolso e o supermercado ficara o tempo inteiro lotado. Suzana estava cansada, mas sentia uma sensação prazerosa, de alívio, por haver encerrado a semana. Pela frente, tinha a noite de sábado e o domingo para relaxar. Sentia também um pouco de excitação: naquela noite haveria uma festa no salão do Esporte Clube, com a apresentação de uma dupla que estava começando a emplacar umas músicas nas rádios. Pelo que havia sondado, a festa prometia.

No caminho, recebeu uma ligação da mãe:

— Você ainda tá no supermercado?

— Não, já estou quase chegando em casa.

— Puxa vida! Ia te pedir pra trazer uma garrafa de vinho tinto seco pra eu temperar um pernil... Mas passa no Bar do Matias, vê se ele tem! Tem que ser vinho tinto seco, viu? Aproveita e fala pro Geraldo vir logo embora, que ele precisa trocar a lâmpada do banheiro pra mim!

Pros lados do leste, surgia uma lua enorme e redonda, refletindo a luz amarelada do sol, que se escondera havia pouco do outro lado. Suzana excitou-se mais: *Hoje vai ser noite de lua cheia, a lua dos apaixonados! Hoje eu não fico sem uns beijos na boca de jeito nenhum!*

Mas chegava já ao bar, e calhou que toda essa languidez de moça solteira na flor da idade se derramasse por um momento sobre a figura sexagenária de Seu Matias, que mexia numas linguiças atrás do balcão:

— Oi, Seu Matias!

— Oi, minha linda! Você hoje está mais linda que nunca! — os olhos do velho Matias irradiavam satisfação por trás das lentes grossas dos óculos.

Suzana desmanchou-se num sorriso.

— Cadê meu padrasto?

— Ele não apareceu aqui hoje, não. Deve ter bandeado lá pro Bar do Rodolfo.

— Seu Matias, o senhor tem vinho?

— Que tipo de vinho, querida?

— Vinho tinto seco.

Depois de vender o vinho, Matias abriu uma garrafa de refrigerante para Suzana:

— Este refri é pra você, minha linda; por conta desse velho aqui!

— Imagina, Seu Matias, não precisa!

— Esse é pra você se refrescar do calor, um agrado para a freguesa! Senta aí um minutinho...

Suzana acomodou-se num banquinho alto, junto ao balcão, e Matias começou a guardar umas latinhas de cerveja dentro do freezer horizontal.

Nesse ínterim, Rose chegou ao bar e ocupou uma mesinha na calçada. Matias saiu de trás do balcão, foi atendê-la:

— Pois não, moça?

— Traz uma cerva bem gelada.

Ainda que não estivessem totalmente de frente, as posições de Rose e Suzana no bar permitiam que as duas se vissem de forma completamente desimpedida. Na calçada, Rose havia se sentado virada para a descida da rua e era vista de lado por Suzana, do banquinho junto ao balcão.

Desde o primeiro instante, Suzana sentiu sua atenção magnetizada pela figura de Rose. Uma vez, tinha ouvido duas colegas do supermercado comentarem sobre uma garota de programa que havia chegado à cidade, e que recebia os clientes numa casa do Jardim Miriam, bem próximo dali.

— Os *motoboys* fazem fila lá, no dia do pagamento!

— Ouvi falar que homens casados, pais de família vão lá! Gente da sociedade, uma pouca-vergonha!

— E as roupas que ela usa! A polícia devia tomar uma atitude!

— Pois a polícia é o maior freguês...

Agora, reparando na mulher sentada ali naquela mesa, Suzana reconheceu de imediato a rápida descrição que as colegas haviam feito de Rose: morena, de pouca estatura, forte, com pouca roupa e muitas tatuagens, com cara de marginal... A descrição assentava-lhe como uma roupa feita sob medida!

Com expressão prazerosa, Rose sorveu o primeiro gole da cerveja gelada e em seguida acendeu um cigarro, com um gesto rápido. Suzana a observava, de rabo de olho.

Nisso, chegaram uns rapazes ao bar, uma turma de homens suados, vindos de uma partida de futebol. Com a ajuda de Matias, juntaram umas mesas na calçada, bem próximo a Rose. Um deles era colega de Suzana no supermercado e foi cumprimentá-la no balcão.

— Oi, Suzana!

— Oi.

— E o Giusepe, lotou muito hoje?

— Nem te conto.

— E você vai ao show no Esporte Clube hoje à noite?

— Eu vou. E você?

— Estou pensando...

O diálogo atraiu a atenção de Rose. Pela primeira vez, Suzana havia sido chamada pelo nome ali no bar (Seu Matias só a chamava por "querida", "minha linda", coisas assim), e essa menção ao nome Suzana, associado em seguida ao supermercado Giusepe, fez Rose despertar subitamente do devaneio raso em que mergulhava toda vez que acendia um cigarro.

Atentou para Suzana e viu a camiseta do supermercado ainda no corpo. Achou-a bonita, e reconheceu dois traços inconfundíveis de Karina: o nariz fino e arrebitado e umas sobrancelhas arqueadas, desafiadoras, que pareciam feitas sob encomenda para a índole um tanto altiva de Karina, mas que no rosto meigo e receptivo de Suzana, lembravam algum tipo de adereço exótico, fora de lugar...

O rapaz retornou depois à mesa e Suzana voltou novamente sua atenção para Rose. Levou um susto: os olhares se encontraram, e Rose lhe sorriu...

Chegando em casa, Suzana colocou a garrafa de vinho sobre a mesa, puxou uma cadeira, sentou-se, e em seguida precisou relatar o caso à mãe:

— Mãe, esse Bar do Matias tá ficando é mal frequentado, viu?

— Por quê?

— Tem uma mulher aí na cidade, que dizem que é garota de programa. Pois ela estava lá, bem tranquila, tomando uma cerveja, paquerando os homens...

Encostada à pia da cozinha, Geisa franziu o cenho. Suzana percebeu a preocupação da mãe:

— É, acho bom a senhora ficar de olho no Geraldo, viu? Ouvi falar que a mulher é danada!...

— Mas essa mulher veio de onde?

— E eu sei lá! — Suzana atentou para a cerveja gelada, em cima da pia. — Ai mãe, me dá um copo dessa cerveja aí...

Tomou um gole, e voltou ao assunto:

— Mãe, a senhora acredita que ela me encarou e sorriu pra mim?

— Sorriu pra você?

— Pois é, olhou pra mim e sorriu, tomando liberdade! Eu nem conheço a fulana! Mas é cada uma que me acontece!

Geisa pegou o saca-rolhas em uma gaveta sob a pia, enfiou-o na rolha do vinho, prendeu a garrafa entre as pernas, e começou a fazer força. Mas a rolha não saía de jeito nenhum. Suzana pilheriava:

— Vai, mãe, força! Tá precisando comer mais feijão.

— E cadê seu padrasto, hein, que na hora em que a gente precisa, nunca tá em casa? — Geisa deixou a garrafa sobre a pia, e acendeu um cigarro, irritadíssima.

— Me dê aqui. — Com um gesto decidido, Suzana pegou a garrafa, prendeu-a entre as pernas, fez força também.

Nada. Geisa divertiu-se por sua vez:

— Aí, quem estava mangando de mim! Eu que preciso comer mais feijão...

A garrafa voltou para cima da pia.

— Fez força, que ficou até vermelha!

✳ ✳ ✳

    O que Suzana nunca poderia imaginar é que naquele mesmo instante em que deixava o Bar do Matias com a garrafa de vinho, Rose estava com o recibo do pedágio já na mão, tentando criar coragem para puxar assunto, mostrar-lhe a foto esmaecida de sua irmã Karina, e em seguida informar-lhe sobre seu paradeiro, para o bem ou para o mal.

    Foi por pouco: mais uns dois copos de cerveja e Rose teria se encorajado, de um jeito ou de outro. Minutos depois de ter aberto um sorriso amistoso para Suzana — quando seus olhares se encontraram —, Rose chegara a se levantar da cadeira, tomando em seguida o rumo do balcão, em passadas firmes e resolutas...

    No entanto, ao ver que Rose se aproximava, Suzana desviou o olhar para o lado oposto e falou qualquer coisa com Seu Matias, que estava do lado de dentro do balcão. Ora, ocorreu que, enquanto caminhava em direção ao interior do bar, Rose olhava fixamente para Suzana, e tinha convicção de que encontraria um olhar receptivo...

    Mas Suzana virou o rosto para o outro lado e Rose mudou bruscamente a direção das passadas, dando uma guinada rápida à esquerda, rumo ao banheiro, onde ficou sem ter o que fazer. Vendo-se ao espelho, aproveitou para retocar o batom e decidiu: *Vou falar com essa menina hoje de qualquer jeito, vou contar a história toda, e pronto! Encerro esse assunto.*

    Quando voltou à mesa, Suzana já havia se retirado.

    Mas ela vai ao show no clube hoje..., pensou Rose, enquanto enchia novamente o copo de cerveja.

✳ ✳ ✳

Aquela noite de sábado, que desde o início Suzana pretendia consagrar à diversão e ao esquecimento das preocupações cotidianas, acabou tomando um rumo inteiramente diverso.

Estava na cozinha com a mãe, ajudando a preparar o jantar, quando ouviram ranger o portão da rua, anunciando a chegada de Geraldo. As dobradiças desse portão há tempos pediam um pouco de óleo, de modo que era quase impossível — salvo em condições extraordinárias, em dia de churrasco com música alta —, entrar na casa sem se fazer anunciar por aquele rangido metálico, que parecia um violino desafinado.

Eram umas nove horas da noite. Geisa enxugou as mãos no avental e foi esperar por Geraldo na porta da sala. Estava irritada e com vontade de brigar: não havia conseguido abrir a garrafa de vinho, e por isso acabara colocando o pernil para assar sem ter seguido à risca a receita, que estava experimentando pela primeira vez. Se Geraldo tivesse voltado mais cedo, poderia ter ajudado a sacar aquela maldita rolha... Havia também a novidade da garota de programa bebendo cerveja no Bar do Matias, e esse fato — escondido por trás da questão da garrafa de vinho — talvez fosse o principal motivo da zanga.

Geraldo adentrou a casa já com umas cervejas na cabeça, e iniciou-se então um bate-boca.

Da cozinha, muito apreensiva, Suzana ficou ouvindo a discussão. Tinha horror a essas brigas. Sabia que a mãe não podia beber: ficava nervosa, explodia por qualquer bobagem, falava o que não devia. O padrasto também bebia, mas, a bem da verdade, não costumava dar trabalho, e nessas ocasiões fazia mais era se defender...

Enquanto descascava umas mandiocas numa bandeja, Suzana sentia que ia ficando também nervosa, à medida que a discussão se tornava mais ríspida. Com as mãos trêmulas, acabou fazendo um gesto em falso e a lâmina pontiaguda da faca penetrou-lhe profundamente na mão... O sangue brotou, abundantemente.

Correu para a sala, com o sangue pingando da mão esquerda. Geraldo e Geisa interromperam a briga, e Geisa amarrou-lhe um pano de prato na mão, para estancar o sangramento.

No hospital, o atendimento demorou um pouco — o corte precisou de alguns pontos, e, além disso, Suzana precisou tomar uma vacina antitetânica —, de modo que acabaram voltando tarde para casa. Mesmo com a mão enfaixada com gaze, e contrariando as recomendações do médico e da mãe, Suzana teimou em querer ir à festa no Esporte Clube:

— Mãe, eu estou bem; isso não foi nada! Preciso me distrair.

Vestiu-se e saiu.

Chegou ao Esporte Clube com a festa já pelo meio. O baile estava animado e o salão estava cheio de gente, mas aquela noite reservava ainda outros contratempos: nem bem havia entrado, enquanto apurava a vista entre a multidão em busca das amigas, acabou distinguindo o Robson, um rapaz da faculdade que há tempos vinha sendo o alvo de suas aspirações amorosas — e que fazia parte de seus planos inclusive para aquela noite —, num recanto escuro do salão, aos beijos com a Gisele, uma loirinha sonsa também da faculdade.

Suzana sentiu as pernas fraquejando. Aproximou-se mais, sorrateiramente, procurando manter-se invisível por entre o povo, mas eram mesmo os dois... E, para sua desgraça, o beijo parecia que estava muito bom e indecente: que show que nada, aqueles dois ali tinham coisa melhor pra curtir!

Afastou-se, com a mão enfaixada e o rosto pálido — de susto e também pela perda de sangue.

— Ei, que bicho te mordeu? Que aconteceu com sua mão?

Era Vera, uma grande amiga e confidente, desde os tempos da escola.

— Me cortei com a faca, descascando umas mandiocas.

— Menina, você está branca igual a uma vela! Devia ter ficado em casa...

— Pois devia mesmo! Você não sabe o que eu acabei de ver. — E Suzana contou então o que tinha visto.

Vera quis levantar-lhe o astral:

— Ah, deixa isso pra lá, vamos curtir a festa... Vem cá comigo, vamos comprar uma *caipivodka*. A primeira rodada é por minha conta. — Saiu puxando Suzana pela mão, em direção ao bar.

※ ※ ※

Depois de umas duas horas de viagem, Karina sentiu necessidade de urinar, e também um pouco de fome. Embicou o carro no primeiro posto que apareceu na rodovia.

Desceu do carro apressada e foi direto ao banheiro. Depois, entrou no restaurante do posto. Era domingo e uma televisão velha em um canto da parede, anunciava um jogo de futebol que ia começar, diante de uma meia dúzia de mesas ocupadas por viajantes que lanchavam ou tomavam café.

Karina deu uma espiada no bufê, mas a comida parecia estar no resto e fria. Os pães de queijo, expostos atrás do vidro do balcão, pareciam, no entanto, bonitos e novos.

Karina pediu dois deles mais um café, comeu, pagou a comanda no caixa e saiu.

Era a primeira vez que pegava a estrada dirigindo o carro e estava gostando da experiência. Era um sabor novo, aquilo de vencer distâncias, cruzar os campos, contemplar cidades que iam surgindo, uma a uma, esparramadas à beira da pista, com uns poucos edifícios ou uma simples igrejinha, destacando-se por entre as casas...

A sensação agradável de contemplar as paisagens em movimento, sob a limpidez resplandecente de um dia sem nenhuma nuvem, acabou por afastar um pouco as preocupações, e, por uns momentos, Karina até se esqueceu do motivo que a havia feito arrojar-se àquelas paragens — para ela desconhecidas — do interior.

Seguia rumo a T..., onde contava encontrar o Paradise, a casa de propriedade de Fátima, mãe de Alexandre. Era, porém, uma viagem condenada à inutilidade e à frustração: Alexandre havia mentido em relação à localização do Paradise, que na verdade ficava em L..., e não em T... Essas duas cidades estavam, inclusive, em estados diferentes. De modo que para chegar ao Paradise, ao pegar a rodovia Karina deveria ter tomado o sentido do sul...

Mas já ia longe naquela viagem de engano e ilusão, rumo ao norte. Na beira da estrada, meio escondida pelo capim e furada de tiros, apareceu a primeira placa fazendo menção a T..., que ficava a cento e cinquenta quilômetros daquele ponto da rodovia. O pensamento de Karina agitou-se, repisando algumas cenas vividas e fantasiando outras, de um futuro breve, quando anunciasse a Alexandre que esperava um filho dele há dois meses...

✳ ✳ ✳

Karina adentrou a cidade de T... no finalzinho da tarde daquele domingo.

Achou a cidade — que parecia grande e espalhada vista da rodovia — muito morta e excessivamente residencial. Depois de atravessar alguns bairros, chegou a uma avenida central onde parecia se concentrar o comércio, que estava praticamente todo fechado. Nas calçadas, um ou outro pedestre, uns moleques andando de *skate*, um ou outro bêbado cambaleando.

Parou em um posto de gasolina para pedir informação:

— Amigo, você sabe onde fica uma casa aqui, chamada Paradise?

— Paradise? Não... É casa de quê?

— É uma boate...

— Carlão, você conhece alguma boate aqui, chamada Paradise?

O outro frentista aproximou-se da janela do carro:

— A senhora tem o endereço?

— Não. Só sei que é uma boate com umas meninas, acompanhantes, onde tem *striptease*...

Os frentistas entreolharam-se, e um deles esboçou um sorriso malicioso:

— Olha, boate com *striptease*, que eu saiba aqui não existe nenhuma não. Agora, lugar com umas meninas, até tem, é o Bar da Janice, lá na saída para R..., bem na beira do córrego... Só se for... Lá tem umas meninas, umas acompanhantes, como a senhora falou...

— E como eu faço para chegar lá? — Karina quis conhecer o bar, por via das dúvidas e também por teimosia.

✳ ✳ ✳

Eram umas três horas da manhã quando Suzana percebeu que havia bebido demais.

Não era dada a bebedeiras, mas naquela noite havia passado por um desgosto amoroso. Começara virando de uma vez na garganta a dose de *caipivodka* que Vera tinha lhe comprado.

— Agora é a minha vez de pagar a rodada — anunciou, já com um brilho funesto no olhar.

Outra dose emborcada, ali mesmo na beira do balcão, onde se pegavam as bebidas. Depois que o álcool subiu à cabeça, começou a querer fazer escândalo:

— Mas cadê o Robson? E essa Gisele, hein? Que sonsinha... Eu vou dar uma surra nessa menina é hoje mesmo! — e saía desabalada, no meio do povo. No mesmo instante, Vera a buscava de volta, segurando-a pelo braço.

— Fica quieta aqui, nada de baixaria. Vamos arranjar outros paqueras, o que não falta aqui é homem bonito.

Nisso, passou um rapaz, que ouviu o comentário e sorriu.

— Aí, não estou te falando?

O rapaz voltou e puxou assunto com Vera. Pouco tempo depois, já se beijavam. Suzana ficou sobrando, e foi então comprar outra dose.

Perambulou a esmo pelo salão, depois estacou próximo ao palco, onde o show principal — com a dupla sertaneja que era a atração da noite — já tinha começado. A festa atingia o seu apogeu.

Sentindo-se deslocada no meio daquela alegria toda, Suzana pensou em ir embora dormir. Mas acabou voltando aos fundos do salão, junto ao balcão do bar, onde comprou ainda mais uma dose.

Então começou a passar mal. Sentou-se em um canto do salão, recostando-se à parede. A cabeça pesava, o salão girava e o som da música vinha-lhe em ecos longínquos... Sentiu que ia vomitar.

Entretanto, apesar do forte e súbito mal-estar, teve ainda a preocupação de não dar vexame e decidiu ir vomitar lá fora, em algum canto escondido da praça em frente ao clube. Levantou-se e saiu, cambaleando, tentando impor um rumo às passadas.

Quando passou pela catraca da saída, para reprimir a primeira golfada de vômito, pôs a mão sobre a boca e o nariz. Sentiu a boca amargando.

Mas chegava já à calçada! Atravessando a rua, alcançou a pracinha. Tomou uma de suas alamedas, até chegar a um recanto escuro, sob a copa de uma árvore. Sentou-se em um banco.

Enfiou o dedo na garganta e o primeiro jato de vômito jorrou copiosamente. Vomitou ainda umas três vezes, com os cotovelos apoiados sobre os joelhos. Depois, muito pálida, deitou-se no banco...

✵ ✵ ✵

Despertou com os primeiros raios de luz, que atravessavam já a copa das árvores. Ergueu-se assustada, caindo em si.

Sentada no banco à sua frente, Rose a observava. Tinha as pernas estiradas à frente, e segurava no colo uma garrafa de uísque, já pela metade.

— Tirou um bom cochilo, hein, moça?

Meio estonteada ainda, Suzana esfregou os olhos. Rose estendeu-lhe uma garrafa de água mineral:

— Toma aqui um pouco de água, comprei pra você. Depois de beber, a gente acorda com sede. — A voz de Rose denotava uma embriaguez que vinha já de várias horas, mas que parecia ter força para continuar ainda, por mais algum tempo.

De fato, Suzana sentia a boca seca como a areia do deserto, e aceitou a garrafa de água. Ao chão, viu uma jaqueta vermelha, destacando-se vivamente sobre o pardo escuro da calçada. Ergueu-a diante de Rose:

— É sua?

— É minha, mas pode usar, você está com frio. Eu tô tranquila, o uísque me esquenta.

Suzana compreendeu então que essa jaqueta estava sobre seu corpo enquanto dormia, e que a havia derrubado ao chão ao erguer-se do banco. Queria ir embora para casa, mas a curiosidade a retinha.

— Qual o seu nome?

— Rose. O seu é Suzana, não é?

— É! Como você sabe?

Rose deu mais uma bicada na garrafa.

— Você sabe com quem eu aprendi a beber uísque?

— Com quem?

— Antes, eu só bebia cerveja — Rose começou então a remexer na bolsa, procurando algo. Perdeu a paciência e despejou tudo sobre o banco.

Então um sopro de brisa fez voar o recibo de pedágio e a foto esmaecida de Karina caiu aos pés da irmã...

✖ ✖ ✖

O Bar da Janice ficava em uma das saídas da cidade, bem à beira da pista. Daquele lado da cidade, tratava-se do último estabelecimento comercial, sendo separado do penúltimo —

uma borracharia suja — por um comprido lote vazio. Essa posição de isolamento, no limite extremo da zona urbana, reforçava talvez suas feições de propriedade rural: entre o asfalto da pista e a varanda frontal do bar, em lugar de muro havia uma cerca de arame e uma porteira de madeira, muito velha e desconjuntada, escancarada num giro de cento e oitenta graus em relação à posição de fechamento.

A frente do bar — uma varanda encardida com duas ou três mesinhas e uma mesa de sinuca — era precedida por um pequeno quintal de cascalho, desolado e nu, sem um arbusto sequer. A varanda fazia a volta e tinha uma parte aos fundos, também com mesinhas e cadeiras, com mais um trecho de cascalho em volta, para quem quisesse parar o carro e frequentar a casa sem ser visto da estrada. Dali, descortinava-se a vista para o córrego, a menos de cem metros dali. Esse córrego passava depois de um pedaço de brejo, e ajudava a deprimir o conjunto geral: era feio, estreito, de barrancos íngremes, e riscava a várzea desolada com uma corrente funda e compacta de águas turvas que fugiam, ansiosas, com esperança de trechos melhores mais à frente...

O carro de Karina passou pela porteira e o cascalho chiou sob os pneus. Aos fundos, pros lados do córrego, o sol começava a se esconder.

Naquele momento, parecia não haver nenhum cliente na casa. De dentro, vieram três mulheres, duas jovens e uma mais velha, aparentando uns cinquenta anos, um pouco gorda, e que Karina deduziu ser Janice, a dona.

— Boa tarde.
— Boa tarde.

— Eu estou procurando uma pessoa... Vocês por acaso conhecem algum Alexandre Barbosa, um rapaz alto, magro?

Ninguém conhecia. As mulheres olhavam-na com grande curiosidade e Janice pareceu desconfiar de alguma coisa:

— Aqui pra nós não interessa o nome do cliente. A gente nem sabe o nome de ninguém.

Essas aí não têm nada a ver com a história... Eu é que sou muito trouxa, pensou Karina, aceitando a realidade.

— Tudo bem, amiga, não tem problema. Mas já que eu estou aqui, vou tomar uma cerveja ali naquela mesa.

Sentou-se defronte ao brejo. Janice trouxe a cerveja, ainda com expressão muito desconfiada, levando Karina a esclarecer de vez um ponto:

— Colega, eu não sou esposa de cliente nenhum não, viu? Estou só de passagem pela cidade.

— Imagina, fique à vontade.

— Você pode colocar um som aí, pra dar uma animada?

— Claro.

Com uma expressão melancólica no rosto, Karina sorveu o primeiro gole de cerveja, muito gelada e boa, naquele calorão sufocante. Pros lados do córrego, no espetáculo gratuito do pôr do sol, a natureza misturava suas tintas: azul, laranja, vermelho...

Do lado de dentro do balcão, Janice gritou:

— Moça...

— Oi...

— Pode ser sertanejo?

— Pode, qualquer coisa que tocar aí pra mim está bom. É só pra quebrar o silêncio...

Na caixa de som presa à parede da varanda, começou uma canção rancheira, fora de moda há muito tempo:

> *"Numa dose de uísque*
> *Começou o nosso caso*
> *Aumentou nosso calor..."*

Do lado de dentro, sentadas ao balcão, as mulheres comentavam:

— De onde saiu essa aí, hein?

— Mulher quando vem à zona, de duas uma: ou é esposa de cliente que veio encher o saco, ou então veio procurar emprego...

— Ela tem jeito de quem também faz programa.

— Se faz programa, não sei, sei que tem jeito de mulher endinheirada...

— Você viu as joias? Aquilo é tudo ouro puro... Eu sei quando é ouro de verdade!

— E desde quando você entende de ouro?

— Desde criança... Meu pai foi ourives, antes de começar a beber cachaça.

Essa última garota se levantou e caminhou até a varanda dos fundos, para espiar Karina. Para disfarçar a curiosidade, acendeu um cigarro e brincou com uns periquitos, que ficavam numa gaiola pendurada num caibro. Viu-se alvo do olhar de Karina e cumprimentou-a com um rápido meneio da cabeça, acompanhado de um sorriso. Karina respondeu com um sorriso amigável, porém profundamente tristonho.

A menina voltou para perto das outras:

— Ela é simpática, mas parece tão triste...

De fato, a tristeza assolava a alma de Karina, que fitava a baixada do córrego com um olhar vago. Na caixa de som, a rancheira terminava com um desfecho dramático:

"E assim a nossa vida
Comparando-se à bebida
Foi igual até demais:
Deliciosa no momento
Mas no copo derretendo
Ficou gelo e nada mais."

    Nesse momento, Karina levantou a blusa e olhou a barriga que em breve começaria a crescer. Acarinhou-a, com ambas as mãos, num gesto involuntário.
    Enternecia-se com o filho, pela primeira vez...

CAPÍTULO 8
NA CASA DE VERANEIO

Ao receber a notícia do paradeiro da irmã, naquele amanhecer no banco da praça, Suzana quis que Rose a acompanhasse de imediato à presença da mãe.

Mas Rose não queria ir de jeito nenhum:

— Volte pra casa, dê a notícia pra sua mãe. Quando vocês quiserem, a gente combina e eu vou com vocês até D... Mas hoje eu não posso ir conhecer sua mãe, não.

Não queria interromper a bebedeira. A verdade é que há tempos estava querendo fazer isso, dar um tempo nos programas, para uma relaxada... Balançou a garrafa de uísque, namorando o rótulo com o nome em inglês:

— Isso eu aprendi com sua irmã: uísque tem que ser importado, senão é melhor beber cachaça mesmo!

Suzana segurou-a pelo braço:

— Vamos lá em casa comigo!

Lentamente, Rose colocou-se de pé e com uma voz já meio pastosa de bêbada, disse:

— Menina, é porque você é irmã de uma pessoa que eu considero muito, porque se fosse outra segurando meu braço desse jeito, te juro que eu já teria apelado contigo.

Esse aviso verbal foi acompanhado pelo esboço de um gesto ameaçador com a garrafa de uísque, de sorte que Suzana soltou o braço de Rose e recuou, assustada. Observou-a com mais atenção: a embriaguez parecia tê-la tomado de assalto e seu olhar se tornara turvo. Seu corpo, plantado sobre os pés em posição estática, ainda assim traía uma leve oscilação, quase imperceptível, que com certeza iria agravar-se intensamente às primeiras passadas.

Já era dia completo na cidade. Pelas trilhas entre as árvores, caminhavam já alguns aposentados, fazendo sua ginástica matinal. Começava também um movimento de gente chegando para a missa das seis, a iniciar-se dentro em pouco, na igreja ali na praça mesmo. As duas jovens paradas em pé no meio da praça — ambas em roupa de festa já amassada, com maquiagem desfeita, uma delas com a mão enfaixada numa gaze suja de terra, e a outra visivelmente bêbada — chamavam a atenção dos passantes.

— Desculpa, não tive intenção de ofender. Tome sua jaqueta, e obrigada também pela água.

Rose vestiu lentamente a jaqueta, depois procurou na bolsa uma caneta e um pedaço de papel. Rabiscou então uns números, numa caligrafia tortuosa de bêbada, e entregou o papel a Suzana:

— Está aí o número do meu celular. Liga pra mim. Outro dia, a gente combina de dar um pulo em D...

Depois disso, cumprimentou Suzana com um arremedo de continência militar:

— Agora, marchar! Vou por aí. Prazer em conhecer.

Virou as costas e se foi, cambaleando no ar frio da praça. Por algum tempo, Suzana acompanhou-a com o olhar. Depois, rápida como um tiro, tomou o rumo de casa.

✳ ✳ ✳

Seguiram-se dias de grande ansiedade.

O celular de Rose não respondia, e encaminhava as chamadas diretamente para a caixa postal. Suzana e Geisa foram ao Jardim Miriam e descobriram a casa de Rose.

Da calçada, espiaram pelas frestas entre o portão e o muro, e viram que a casa estava fechada e completamente silenciosa.

Dona Anita, a proprietária do imóvel, que no momento varria as folhas da calçada na casa ao lado, suspendeu a tarefa e apoiou ambas as mãos no cabo da vassoura, deliciando a curiosidade interiorana com a perspectiva de algum escândalo.

— A senhora conhece a mulher que mora aí?

— Conheço, sim. Ela é minha inquilina. Por quê?

— A gente precisava falar com ela. Será que ela está em casa?

— Não está, não.

— A senhora sabe aonde ela foi? O celular dela parece que está fora de área.

— Ela saiu com dois homens numa caminhonete, com umas varas de pescar enfiadas na janela. Esse povo deve estar arranchado em alguma pescaria, em beira de rio, e a Rose foi junto... Dois velhos, já passando dos sessenta! E ainda ficam queimando dinheiro com mulher...

— Deve ser por isso que o celular dela não está pegando! A senhora sabe em que dia foi isso?

— Isso foi na... — Dona Anita forçou a memória. — Hoje é quarta, não? Isso foi ontem, na terça. Como amanhã é feriado, é capaz que eles só voltam no domingo, hein?

✖ ✖ ✖

Foi naquele mesmo começo de noite de sábado, no Bar do Matias, que Rose conhecera os dois homens de que falara Dona Anita.

Suzana já tinha ido embora com a garrafa de vinho, há muito tempo. O bar se esvaziara e a própria Rose já havia também se decidido a ir embora — em busca de algum outro boteco, mais animado — quando a caminhonete grande, de cinco lugares na cabine, muito empoeirada, estacionou em frente ao bar.

Desceu um primeiro homem e a caminhonete balançou com o alívio de carga, pois era um senhor muito alto e corpulento que devia pesar mais de cem quilos, e de pele clara e avermelhada. Em seguida, do banco do carona, desceu um homenzinho que fisicamente era o oposto do primeiro: miúdo, magro, de pele morena, que parecia se esconder sob a aba desproporcional de um chapelão de caubói.

— Tem cerveja gelada nesse risca-faca aí? — berrou o homenzarrão, atravessando a rua, com o salto das botas estrondando no asfalto.

Seu Matias recebeu-os com uma expressão séria:
— Eu já estava fechando o bar...
— Que mané fechando o bar!...

Encostaram-se ao balcão. O homem corpulento conversava ruidosamente e começou a contar um caso de uma farra com mulheres e bebida, num bordel em C..., cidade de onde acabavam de chegar. Isso o fez lembrar-se de uma outra história, essa dos tempos de juventude, em um outro bordel, no Tocantins, que na época ainda era o Norte de Goiás. Depois, engatou um outro caso, numa pescaria no pantanal... E assim, as histórias de libertinagens se sucediam, umas mais antigas, de outros tempos, outras do começo do ano, do *réveillon* na praia, do carnaval passado, da semana passada...

De sua mesa, Rose ouvia tudo, atentamente. Depois levantou-se e foi ao banheiro, requebrando os quadris ao passar em frente aos homens.

— Ô, Matias, mas até que seu boteco tá ficando bom, hein?
— Aqui sempre foi bom.
— E essa morena aí tá sozinha?
— Parece que sim.

Voltando do banheiro, Rose viu que o homem corpulento a encarava, e então sorriu.

— Ô, menina, vem tomar um copo de cerveja aqui com a gente. Qual o seu nome, linda?
— Rose. E o seu?

— Jeremias. E este aqui é o Chico, meu amigo.
— Prazer.
— Você quer ir a uma pescaria com a gente, num rancho em N...?

Rose já tinha ouvido falar de N..., um lugarejo famoso pelas cachoeiras, onde muita gente da cidade ia veranear. Interessou-se:

— Que dia?
— Terça, ou quarta... Me dê o número de seu celular...

✳ ✳ ✳

Enquanto esses fatos aconteciam em G..., em D... alguns sustos sucessivos na gravidez de Karina obrigaram-na a retirar-se do trabalho noturno e a recolher-se a um descanso forçado em casa, por orientação médica.

Segundo o obstetra, por mais de uma vez o bebê havia escapado por um triz de um aborto espontâneo. A gestação era complicada e seguia por um fio, exigindo a medida extrema de um repouso absoluto, até o momento do parto.

Karina ficou de molho em casa, sob os cuidados de Vicentina, sua faxineira de confiança desde que se mudara para o centro.

O tempo corria lentamente. A luz tênue de um último raio de sol morria na parede do quarto, e Karina então desligava a TV e jogava para um lado o controle remoto, enfadada. Da área de serviço, onde Vicentina passava roupas, vinham as cantilenas religiosas da rádio evangélica: amor de Cristo, fé em Deus, salvação...

✳ ✳ ✳

Um dia, Vicentina chegou com uma notícia: voltando do supermercado com o marido, por volta de umas oito da noite, tinha visto o *neon* do Tifanys aceso. A casa tinha sido alugada para outra pessoa e o negócio mudara de mãos.

Karina ficou branca como cera. Imersa como estava na experiência da maternidade, sequer havia cogitado que isso pudesse acontecer, e contava reabrir a casa futuramente, logo após o período de resguardo.

Mas não se desesperou: talvez fosse melhor assim mesmo. A vida noturna era cansativa, e agora ela tinha William. Podia colocar o carro à venda, empenhar as joias, e levantar dinheiro para abrir outro negócio, uma loja de roupas, uma lanchonete, algum estabelecimento que funcionasse só durante o dia.

Além disso, nos últimos tempos, o amor que experimentava pelo filho em gestação vinha fazendo-a se lembrar da mãe, que ficara no interior. Ela com certeza se encantaria com o netinho... Suzana também iria adorar o sobrinho...

× × ×

Após voltar da visita frustrada à casa de Rose, Geisa revirou o fundo do armário do quarto de casal e encontrou um álbum de fotos.

Pegou um meio copo de café da garrafa e sentou-se sobre o tapete da sala. Lentamente, foi tirando fotos do álbum, uma a uma, e espalhando-as sobre a mesinha de centro.

Há muito tempo não pegava naquele álbum. Viu-se novamente ao lado do primeiro marido, o casal com as filhas ao colo... Eram muito jovens!

Foi dispondo as fotos sobre a mesa. Muitas eram poses dela mesma, sozinha... Lembrava-se agora, tinha a mania de posar para fotos, como modelo ou mulher famosa. Uma sequência de umas dez fotos assim era fruto de uma única tarde de sol, em que haviam deixado as filhas numa festa de aniversário de uma coleguinha. William estava adorando bater as fotos: "Vista agora aquele vestido vermelho, que você usava no forró... Ponha um biquíni agora...". Naquela tarde — recordava-se agora —, no meio da sessão de fotos, de repente pintou um clima... No quintal da casa, o sol beijou dois corpos nus que se abraçavam.

Suspirou profundamente. Depois, com a foto de biquíni na mão foi ao quarto e tirou a roupa, para olhar-se ao espelho e fazer a comparação com o passado. Tinha engordado...

Voltou para a sala ainda em trajes mínimos, com a foto na mão, meio desorientada. Suzana riu:

— Que é isso, mãe, vai ficar andando pelada pela casa?

— Eu estou é engordando — murmurou, enquanto se vestia.

Sentou-se novamente, voltando aos álbuns de fotos. A sequência de fotos evoluía no tempo, com as meninas ficando mocinhas... Numa virada de página, uma primeira foto de Karina como mulher feita irrompeu, perturbando Geisa.

Era uma foto das irmãs, bem-arrumadas para alguma festa. Pareciam dizer: "Vejam só, nós crescemos, e agora somos uma dose dupla de beleza e tentação". Entretanto, a diferença de personalidade das irmãs transparecia na foto: enquanto Suzana exibia um sorriso franco, aberto e meigo, Karina tinha somente um meio-sorriso malicioso, desenhado com o canto dos lábios, e um olhar cortante e desafiador...

O semblante de Geisa anuviou-se. Mesmo após todos aqueles anos passados, ainda se sentia insegura em voltar a ter Karina sob o mesmo teto que Geraldo. Sua desconfiança ampliava e distorcia os fatos, por isso acreditava que Geraldo e Karina haviam sido amantes sob o seu nariz e sabe-se lá por quanto tempo. Torturava-se: imaginou o reencontro dos dois, ali na sala, olhos nos olhos, ela sobrando de um lado...

Indecisa, jogou a foto sobre a mesinha e procurou apoio em Suzana:

— Nem sei se eu quero que ela volte pra cá...

— Mas por quê?

Sentada ao chão, Geisa abraçou os joelhos e abaixou a cabeça, pensativa.

— A senhora ainda guarda mágoa?

— Posso perdoar, mas esses dois aqui dentro, acho que isso não vai dar certo.

— Bobagem, mãe... A senhora não quer reencontrar a filha?

Geisa ergueu a cabeça, buscando forças, e uma lágrima fugidia deslizou-lhe na face. Suzana abraçou-a.

— Mãe, vamos reencontrar minha irmã, e ela vai passar esse Natal aqui com a gente... A senhora vai ver como vai ser bom...

No dia combinado, Jeremias e Chico passaram na casa de Rose de manhãzinha. Ela chegou-se à janela da caminhonete:

— Quanto tempo vocês vão ficar lá?

— Não temos dia certo pra voltar não, mas, se você quiser voltar antes de nós, eu lhe pago a passagem de retorno. Pegue roupa de frio, que lá esfria à noite.

— Já volto.

Pararam para abastecer no posto da saída da cidade, e Jeremias quis tomar um café na loja de conveniência. Sentaram-se numa mesinha do lado de fora.

— Jeremias, olha quem vem vindo lá...

— Ihhh... Justo quem!

Rose viu um rapaz alto, corpulento e branco, como uma réplica mais jovem de Jeremias, vindo em direção à mesa, com cara de poucos amigos.

O rapaz estacou diante da mesa, e Jeremias cumprimentou-o com um aceno da cabeça.

— Bom dia, meu jovem. Vai um cafezinho?

— O senhor está indo pra onde?

— Uai, e eu lhe devo satisfação?

— Cadê o dinheiro dos nelores?

Jeremias acenou para a garçonete:

— Ô, menina, traz um cafezinho pro rapaz aqui.

O rapaz começou a perder a paciência:

— Nós estamos sem crédito na loja pra comprar a vacina e o senhor fica torrando o dinheiro com essas vagabundas!...

— Vagabunda é sua mãe!

— Psiu! Devagar, menina. Calma aí, Juninho, vamos conversar. — Chico se levantou, e colocou a mão nas costas do rapaz, querendo iniciar uma conversa em particular, mas o rapaz se desvencilhou com um gesto brusco, que fez a xícara de café que Chico segurava se espatifar no chão.

— O senhor é outro, que depois de velho perdeu a vergonha!

A discussão começava já a chamar a atenção do povo na rua. Um policial que tomava café do lado de dentro da loja aproximou-se da mesa:

— Algum problema aí, minha gente?

— Não é nada, não, amigo. É só esse tranqueira aí que infelizmente é meu pai, que está aprontando mais uma. — O rapaz então virou as costas e saiu, pisando duro. Entrou no carro, bateu a porta com toda a força e arrancou, cantando os pneus.

Jeremias terminou de beber o café, como se nada tivesse acontecido. Chico continuou ainda em pé, com os braços soltos ao longo do corpo, sem reação. Ainda nem tinham saído da cidade e Rose já começava a se arrepender do combinado.

✳ ✳ ✳

Durante a viagem, novas contrariedades: não seguiram direto a N..., mas entraram em outras três cidades, no caminho.

Em cada cidade dessas, a caminhonete parecia guiar-se por um critério previamente definido: circulava por fora, nas últimas ruas dos subúrbios, e com base em alguns pontos de referência — o boteco azul, a bicicletaria, o mercadinho, a pista do jogo de malhas — buscava algum endereço conhecido, que ao fim calhava sempre de ser a casa mais pobre, do que parecia o quarteirão mais pobre da cidade. Chico então descia e batia palmas. Dentro em pouco, surgia uma mulher, conversavam rapidamente, e a mulher voltava para dentro de casa. De dentro da caminhonete, fumando um cigarro, Jeremias indagava:

— E então?

— Ela disse que vai.

Depois de um tempo, a mulher voltava com umas roupas dentro de uma sacola desbotada de loja, que fazia as vezes de mala, e entrava na caminhonete.

Essa mesma cena se repetiu, com pouca ou nenhuma variação, em cada uma das três cidades em que entraram. E desse modo, a partir dos cinquenta quilômetros de viagem, Rose viu-se apertada com mais outras três mulheres no banco de trás.

Depois de uma viagem longa e silenciosa — Jeremias e Chico conversavam pouco, e as mulheres nem se conheciam —, chegaram finalmente ao lugarejo de N..., com a caminhonete sacudindo sobre o calçamento irregular da avenida central, que tinha entre as duas pistas uma imponente fileira de palmeiras imperiais.

Era fim de tarde. Naquele meio de semana, não havia outros forasteiros na cidadezinha turística. Em minutos chegaram ao destino, um casarão de dois andares, de arquitetura elegante, mas decadente e malcuidado, com a pintura externa esfarinhando em alguns pontos, soltando lascas em outros.

A caminhonete embicou no portão, que Chico desceu para abrir.

Uma das mulheres — uma pretinha magra e dentuça — se impressionou:

— Que mansão, hein?

Rose observava, calada. Outra mulher, um pouco mais velha que as demais, parecia já conhecer a casa, e comentou em voz baixa:

— A cerveja aqui não acaba nunca.

✳ ✳ ✳

Chegando o sábado, Geisa teve a ideia de fazer um churrasco para relaxar a tensão.

Tinha acordado tarde, depois de uma noite maldormida, de um sono mascado e inquieto. Somente pela hora já quase de acordar, sentiu o sono chegando com mais força: deixou-se levar e por isso não se levantara a tempo de preparar o café para Geraldo e Suzana.

Nove horas da manhã. Geisa foi em direção à cozinha, parando para fazer o Nome-do-Pai em frente à mesinha no corredor, onde o recibo de pedágio com a foto de Karina descansava entre uma imagem de Jesus e uma estatueta de Nossa Senhora Aparecida. A vela tinha se desmanchado completamente, mas o pavio ainda ardia, com uma chama tênue sobre um resto de cera derretida.

Esperança que não morreu, pensou, enquanto buscava outra vela no armário.

A pia estava tomada de louça suja. Procurou organizar a bagunça, empilhar os pratos, enfiar os copos uns dentro dos outros. Saiu com uma panela suja para o quintal e achou de assentá-la provisoriamente sobre a grelha da churrasqueira. À vista desse gesto, assanhado com a perspectiva ilusória de um churrasco, o cachorro pulou-lhe sobre as pernas, sujando-lhe a camisola.

— Sai, Zape, aqui não vai ter churrasco hoje, não! Mas que cachorro esganado!

Parou por um momento, encostada à porta, achando graça na reação do cachorro. Pegou um espeto atrás do armário da cozinha, colocou-o sobre a grelha e fingiu estar assando uma peça de carne:

— Olha o churrasco aqui, Zape! Hum, que delícia!

Aos pulos, Zape gania de excitação e ansiedade. Era um vira-lata de pelo curto, branco com manchas pretas, de porte atlético. Uma das manchas no couro, no meio das costelas, lembrava o formato do naipe de paus, o que lhe rendeu o nome de Zape.

— Você não é bobo não, hein, cachorro?

Não havia uma nuvem no céu e nem um sopro de brisa movia as folhas das árvores. Iria fazer muito calor, com certeza. Geisa pegou uma laranja na fruteira e começou a descascá-la, sentada na escadinha curta que dava para o quintal. Na rádio, o locutor começou a declamar um texto com uma mensagem otimista, de pensamento positivo.

— Zape, sabe que você me deu uma boa ideia? Estou precisando desestressar.

✼ ✼ ✼

Suzana foi a primeira a chegar do trabalho, e da calçada, sentiu já o cheiro do churrasco. Eram umas três horas da tarde.

— Mãe, que é isso, transmissão de pensamento? Eu estava justamente com essa ideia na cabeça, lá no trabalho: bem que podia ter um churrasquinho lá em casa hoje...

— Você passou lá na casa da menina?

— Fui lá, na hora do almoço, debaixo do sol quente.

— E aí?

— Nada. Acho que só amanhã ou segunda mesmo. Esquece isso um pouco, mãe. Vamos curtir o churrasco.

— Pois hoje eu vou falar com o Geraldo.

— Falar o quê?

— Falar que a gente vai procurar sua irmã. Quero ver o que ele vai responder.

— E cadê ele, hein?

— A essa hora ele já saiu do serviço. Deve ter engastalhado em algum boteco no caminho.

× × ×

Geraldo também gostou da surpresa do churrasco, que o pôs imediatamente de bom humor. Vestiu uma bermuda, tomou um banho de mangueira, depois sentou-se em uma cadeira de praia, sob um restinho de sol que ainda passava por cima do muro.

— Ninguém é de ferro!

Geraldo não sabia de nada dos acontecimentos recentes. Tinha visto a foto de Karina no recibo de pedágio, ao lado da vela acesa e das imagens religiosas, mas não imaginava que houvesse surgido a pista de seu paradeiro. Pensava que Geisa havia sido acometida por uma nova crise de remorsos e saudades da filha expulsa de casa, mas isso era coisa já costumeira, que acontecia de tempos em tempos.

Ali no churrasco, Geisa estava inquieta, com um semblante sério, parecendo preocupada com alguma coisa. Acendia um cigarro atrás do outro.

— Que bicho te mordeu?

Geisa sentou-se à escadinha. Da cozinha, veio também Suzana, e encostou-se à porta. Geraldo sentiu que alguma notícia importante ia ser transmitida e começou a impacientar-se:

— Que foi? Que aconteceu?

— Geraldo, tem uma menina aí na cidade que sabe do paradeiro da Karina. Ela veio falar com a Suzana.

— É mesmo, é?

— É. Disse que trabalhou com a Karina lá em D... E eu estou pensando em ir lá atrás dela. O que você acha?

Geraldo ergueu de relance o olhar para as duas mulheres, que o fitavam atentamente, aguardando uma resposta. Lembrou-se então de que havia desempenhado um pequeno mas decisivo papel naquele drama, e que também tinha alguma responsabilidade sobre as consequências que haviam decorrido. Um pequeno deslize, um momento de fraqueza da carne, um gesto involuntário de mãos roçando o tecido de um vestido... Um chute displicente numa pedra da encosta e eis então o desencadear da avalanche.

Baixou o olhar. Acompanhada por um gesto sincero das mãos, a voz saiu-lhe pausada e profunda:

— Acho que é sua obrigação de mãe, não? Pois se é sua filha.

— E você vai com a gente lá? A gente pede o carro do seu irmão emprestado, eu até já falei com ele.

— Vou.

※ ※ ※

Rose foi a primeira a despertar na casa de veraneio de Seu Jeremias.

Estava num colchãozinho fino de camping, jogado sobre o piso. A seu lado, ressonava a pretinha dentuça, profundamente adormecida.

As mulheres tinham dormido todas no mesmo quarto, e aos pares em cada colchão, porque não havia leitos suficientes para todo mundo. Essa companhia forçada — de início mal recebida por elas — tinha-lhes servido contra o frio, pois os cobertores eram ainda mais finos e escassos que os colchões, e o calor humano trocado terminou por aquecê-las mutuamente.

Na atmosfera abafadiça do quarto pesava um cheiro azedo de álcool, que Rose só sentiu ao voltar para buscar uma escova de dente, depois de uma ida sem motivo à cozinha. Na penumbra que se formara com o rasgo de luz vindo da porta entreaberta, Rose distinguiu sobre o piso gasto de ardósia uma desordem de coisas espalhadas, que consistiam nos pertences pessoais das mulheres, agora misturados como elas próprias.

Foi até o varandão. A cinza ainda estava morna na churrasqueira de alvenaria. Sobre a grelha tinham sobrado uns bifes esturricados, brancos de sal. Para olhar o céu — e ver que o tempo havia fechado durante a noite — Rose saiu para o gramado, que a negligência havia transformado num pasto selvagem, inspirador de prevenções instintivas contra o escorpião e a aranha-caranguejeira.

Voltou para a varanda. As lembranças da noite anterior vinham-lhe na forma de lampejos efêmeros, como relâmpagos que riscam uma massa amorfa de nuvens. Cerveja, música, uma garrafa de uísque importado sobre a mesa...

A boca estava pregando de tão seca. Lavou um copo na pia, encheu-o de água da torneira, e emborcou o conteúdo na garganta. Encheu-o novamente e, com o pensamento despreocupado, iniciou um vaivém lento pelo varandão.

Em um ponto próximo ao fogão, porém, pisou em um minúsculo caquinho de vidro, que lhe furou a sola descalça do pé. Apoiou a mão à parede e removeu-o, fazendo o quatro com uma das pernas. O sangue brotou, numa gota inocente. Olhou ao redor: havia mais cacos dispersos por ali, que alguma varredora descuidada e bêbada não havia recolhido ao montinho que aparecia junto à parede.

E salpintando fartamente o piso, manchas de sangue recente...

Havia também uns panos ensanguentados, largados de qualquer jeito, sobre a pia. A memória de Rose rompeu então o véu da amnésia alcoólica, e ela se lembrou...

✵ ✵ ✵

Era já alta madrugada. Bem em frente ao varandão, para o lado dos fundos, as primeiras luzes do dia despontavam por trás dos galhos hirtos de um abacateiro morto, num amanhecer tristonho e lúgubre.

Duas das mulheres já haviam se retirado para o quarto. Além de Rose, restavam ainda a Mara — a mais velha que as demais, já beirando os quarenta —, Jeremias e Chico.

Tinham desligado o rádio e as vozes embriagadas ressoavam de forma intermitente no ar tépido da madrugada. Naquele cenário esvaziado de fim de festa, a figura opulenta de Jeremias se destacava: sentado à mesa ao lado da garrafa de uísque, com uma das mãos apoiada pesadamente sobre a coxa, à primeira vista passava a curiosa impressão de alguém premido pela pressa, que houvesse se sentado unicamente para um rápido café ou coisa assim, e que dentro de minutos se levantaria, demandado por compromissos urgentes.

No entanto, estava sentado nessa mesma posição há umas seis ou sete horas já, tendo se levantado algumas poucas vezes, somente para ir ao banheiro. A partir de certo ponto da embriaguez, tinha se tornado mordaz e agressivo: seus olhos avermelhados faiscavam de malícia.

Sentada a seu lado, imóvel com as pernas cruzadas, estava Mara. Era uma mulher bonita, em forma, de cabelos curtos que lhe realçavam os traços do rosto. Tinha escolhido fazer companhia a Jeremias, e obstinara-se nessa posição durante a noite toda.

Rose e Chico compartilhavam o outro lado da mesa, mas cada um na sua, sem formarem par.

Jeremias parecia sentir uma necessidade irresistível de dizer umas verdades:

— Essa aqui eu conheci há muito tempo atrás, num puteiro lá de S..., onde ela estava passando fome... Ela começou a andar comigo e foi quando ela deu uma melhorada de vida. Conheci até a mãe dela, que tinha outros dez filhos, vivendo numa meia-água espremida lá de S..., e com a luz cortada por falta de pagamento... Dei dinheiro para essa aqui quitar o atrasado, e ainda para mais um ano de pagamento... Voltei lá depois de uns meses, ela tinha torrado o dinheiro todo e a mãe estava na escuridão de novo...

Arrematou a sentença com um esboço de agressão física, indo com a mão espalmada rumo ao rosto de Mara, como quem afasta um objeto desprezível. Ela se esquivou com uma guinada do pescoço:

— Que mentira, eu nunca recebi um real de você...

Jeremias riu:

— É verdade, nunca recebeu. Eu nunca vi isso, puta não receber dinheiro...

Silêncio. Cantou um galo, em alguma casa do mesmo quarteirão. Rose se levantou:

— Posso pegar mais uma dose aqui, seu Jeremias?

— Mas você é chegada num uísque, hein menina? De onde você saiu?

— Desse mundão aí — Rose girou o braço sobre a cabeça, num gesto largo.

— Você é outra que deve ter passado fome também, hein? Essa mulherada vem toda parar aqui.

— Mas se foi o senhor quem me convidou...

Jeremias estendeu o braço, segurando a garrafa de uísque, e abasteceu o copo de Rose. Depois, pôs-se em pé, espreguiçou o corpanzil, e atentou para as primeiras luzes do dia, que apareciam para o lado dos fundos:

— Mas se já é o dia amanhecendo!

Então se deu a cena. Jeremias segurou o cabelo de Mara pela nuca:

— Você vai fazer um arroz pra nós antes da gente ir dormir?

Mara concordou:

— Ué, posso fazer.

Mas o cabelo de Mara, mesmo curto, era liso, farto e volumoso, e Jeremias demorou a mão, sentindo uma maciez agradável entre os dedos. Teve vontade de puxar:

— Aaaiiii, para, que isso dói!

— Eta, que quando eu era novo eu dominava essas novilhas assim, pegando à unha... — Jeremias pôs mais força no puxão, como se quisesse fazer a mulher levantar-se à força.

Com o rosto crispado de dor, Mara foi se levantando devagar... Passou a mão numa faca sobre a mesa...

✳ ✳ ✳

— Eu vou matar essa vagabunda...

— Deixa disso, homem, foi você quem procurou...

O golpe foi dado no antebraço, num ponto próximo ao punho. Na verdade, foi um golpe cuidadoso, que denotava uma predisposição em evitar grandes estragos: a lâmina riscou a pele, cortando sem furar. A faca, porém, tinha sido amolada para o churrasco e ainda acertou uma veiazinha, e o sangue chegou a esconder o relógio de pulso.

Lavaram o ferimento na torneira de jardim, já à luz do dia. Jeremias se acalmou:

— Não foi nada. Chico, amarre um pedaço de pano aqui. Amanhã eu dou uma passada no pronto-socorro, pra ver se vai precisar de uns pontos. Por hoje chega, agora vamos dormir todo mundo.

Rose consultou o relógio do celular: uma hora da tarde.

Não havia nem um pedaço de pão na casa. Mas cerveja havia ainda, caso alguém quisesse: cerveja e carne crua, coisas que não resolviam a fome. Rose pegou o maço de cigarros que estava sobre a mesa do varandão: nenhum cigarro também.

A cabeça lhe doía um pouco. Enfiou-se na penumbra do corredor, de volta ao quarto.

Em um dos colchões sobre o chão, Mara ergueu-se de chofre, assustada:

— Quem é?

— Sou eu, a Rose. Mas que medo, hein?

— Eles já acordaram?

— Que nada. Você tem cigarros?

Mara acomodou-se no colchão, apoiando o corpo sobre um cotovelo, com uma cara muito ruim de ressaca. Apontou o dedo na direção do chão:

— Pegue aquela bolsa marrom ali pra mim.

Na penumbra do quarto, Mara tateou no interior da bolsa até achar o maço de cigarros, que entregou a Rose.

— Tô com uma fome... — gemeu Rose.

Mara pôs-se de pé, foi até a porta. Sondou o corredor, com um olhar inquieto, depois pediu de volta o maço de cigarros.

— Vamos lá para fora.

Na ponta dos pés, chegaram ao varandão. Rose apontou para o chão:

— Olha o sangue aí.

Mara deu uma tragada funda no cigarro.

— Rose, você tem dinheiro aí pra me emprestar? Para eu comprar uma passagem. Essa casa aqui já deu o que tinha que dar.

— Eu vou aproveitar e vou embora também. — Rose tirou do bolso umas notas amassadas, e jogou-as sobre a mesa.

— Será que dá?

— Dá e ainda sobra pra você pagar um café pra nós lá no bar da rodoviária...

Debruçaram no muro uma escada de madeira, porque o portão estava trancado e não acharam a chave. Rose pulou primeiro, mas Mara precisou de um minuto pra criar coragem, sentada sobre o muro:

— Ai, dá um medo.

— Vai mulher, pula logo!

Saíram rindo pelas ruas desertas. Mara tinha visto um filme antigo, *A Fuga de Alcatraz*, do qual Rose nunca tinha ouvido falar.

— E que lugar é esse, Alcatraz?

— Alcatraz é uma penitenciária numa ilha, de onde ninguém conseguia fugir. Até que um dia um preso começou a furar um buraco na cela...

CAPÍTULO 9
A GARRAFA ESQUECIDA

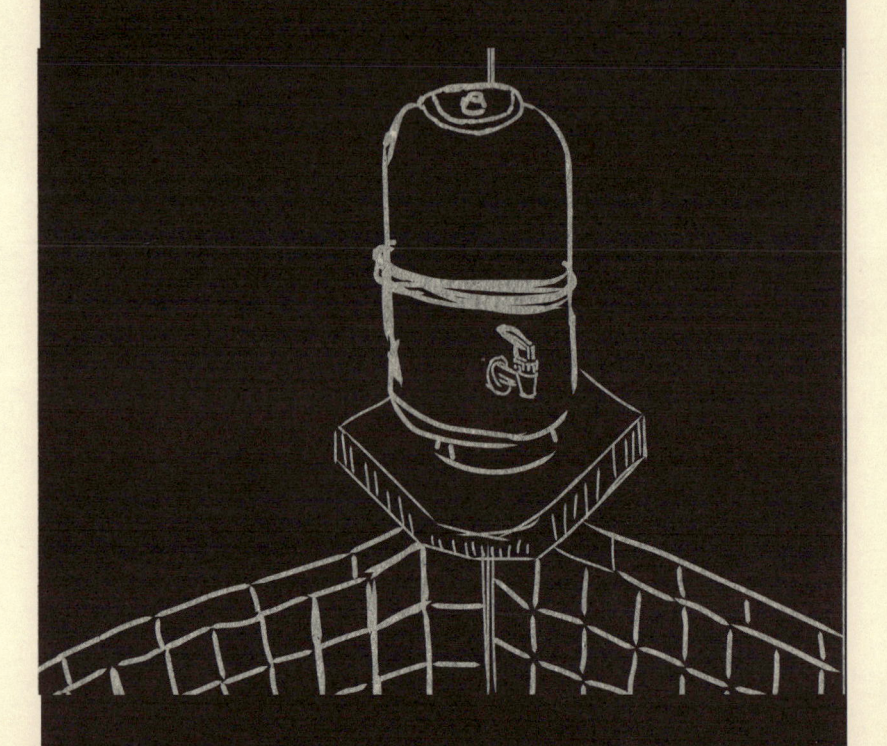

Nos dias que se seguiram àquele feriadão, uma circunstância adversa levou Rose a modificar significativamente sua rotina, assim como aconteceu com muitos outros moradores da cidade de G...

Naquela época, a usina de açúcar e álcool — principal fonte de renda do município — deu o primeiro sinal concreto de fragilidade financeira, atrasando em quinze dias o pagamento dos salários e confirmando alguns rumores persistentes que circulavam já há algum tempo na cidade, mas que até então nunca tinham sido levados muito a sério.

Na primeira semana de atraso do pagamento, Rose percebeu já um nítido declínio em seus negócios. Lembrou-se então do que havia lhe contado Mara, sobre uma usina hidrelétrica que estava em construção no município vizinho de F..., onde estariam sobrando clientes com dinheiro...

Meteu-se num ônibus, de manhãzinha ainda, rumo ao canteiro de obras. O trecho até F... não era muito longo, mas o ônibus parava demais, de modo que Rose só desembarcou na rodoviária pelo horário do almoço, com a roupa empapada de suor. Perambulou sem rumo pela cidade, que por sinal era um ovinho, muito menor que G..., com um comércio fraco e esvaziado de gente...

A hora não passava. Mas ao final da tarde, porém, um primeiro ônibus adentrou a cidade, e despejou no cenário bucólico da pracinha da matriz uma primeira leva de trabalhadores, que haviam encerrado o turno. Em seguida, mais um ônibus, depois outro, e outro...

Daquele dia em diante, Rose passou a viajar diariamente para F..., de modo que Suzana e Geisa continuaram sem conseguir encontrá-la na sua casa no Jardim Miriam. Tampouco conseguiam contatá-la pelo celular, pois quando estava em

F..., Rose não atendia as ligações, para não pagar a taxa de deslocamento.

Até que um dia — isso foi já na semana do Natal — de forma insuspeitada, Rose reapareceu no Bar do Matias, numa sexta-feira à noite.

Na mesma hora, Matias telefonou para Geisa:

— Dona Geisa, a menina que vocês estão procurando apareceu aqui no bar.

— Você está brincando...

— Está aqui! Chegou, pediu uma dose de uísque, está sentada numa mesa lá na calçada.

— Estamos indo para aí! Não deixa essa menina ir embora, pelo amor de Deus.

✳ ✳ ✳

Ao chegar ao bar, acompanhada de Suzana, Geisa foi diretamente à mesa de Rose:

— Oi, você que é a Rose?

— Sou eu mesma.

— É verdade que você conheceu a Karina?

— Conheci sim, lá em D...

Geisa então extravasou a emoção, dando a devida teatralidade à cena: abraçou Rose longamente, chorou, beijou-a, chamou-a de anjo.

Depois, convidou-a para jantar em sua casa. Estavam na antevéspera do Natal — essa circunstância dava àquele tão almejado encontro um simbolismo místico — e a fartura que costuma acompanhar essa época do ano havia já chegado à mesa: justamente naquela noite, Geisa havia preparado um pernil assado, com acompanhamento de arroz e farofa, sua combinação predileta.

Rose emborcou o uísque na garganta, pediu mais duas doses num copo de plástico, para viagem, e levantou-se da mesa:

— Vamos. Obrigada pelo convite.

Saíram caminhando pela rua, sob os olhares curiosos dos frequentadores do bar.

✳ ✳ ✳

Ao ser apresentada a Geraldo, Rose teve que lançar mão da discrição que faz parte do código de conduta das garotas de programa, porque já o tinha conhecido como cliente, por duas vezes...

— Amor, essa aqui é a menina de quem lhe falei, que morou com a Karina lá em D... — e foram entrando na casa.

Geraldo estava deitado no sofá e tomou um susto tão grande que se pôs de pé num pulo, como um gato. Apertou a mão de Rose, depois pigarreou, procurou o maço de cigarros no bolso, com as mãos inquietas.

— Tudo bem? Prazer em conhecer. — Rose disfarçou, com naturalidade.

Geisa atribuiu o desconcerto de Geraldo à saia indecente de Rose — que era curta e apertada nas nádegas —, e resolveu relevar a questão, em prol do objetivo final daquela presepada toda, que era a localização da filha Karina.

— Rose, senta aqui, meu anjo, vou servir logo o jantar.

Colocou-a sentada, e a toalha da mesa, sobrando muito, escondeu-lhe as pernas.

— E o que minha filha está fazendo lá em D...?

Rose achou conveniente usar um eufemismo:

— O que ela está fazendo hoje eu não sei, mas quando eu a conheci, era dançarina...

Compreendendo tudo, Geisa lançou-lhe um olhar resignado de mãe. *Dançarina de cabaré, com certeza, mas que fosse... O importante é que ia reencontrá-la depois de tantos anos.*

Bebericando o uísque, Rose observava o interior da casa, e estava achando tudo muito bonito e chique. Fixou por instantes o olhar num quadro, uma imagem outonal de Paris, que Suzana afirmava, com uma convicção profética, que iria conhecer um dia. Admirou depois os sofás, de um tom marrom-escuro, passando depois à televisão, de tela ampla e moderna.

O jantar foi logo servido, e fazia tempo que Rose não comia algo tão saboroso:

— Hum, mas essa comida está muito boa, viu? Que delícia!

— Então, você vai com a gente lá em D..., para ajudar a gente a encontrar minha filha?

— Vou.

— E quando?

— Vamos só esperar passar esse feriado de Natal.

✳ ✳ ✳

Saíram de viagem de manhã cedo, por volta de umas oito horas, no sábado, último dia do ano. Tomaram o rumo do Jardim Miriam, para passar na casa de Rose.

— Será que ela vai dar o bolo na gente, hein?

Entraram no bairro. Lugarzinho pobre e desmazelado, num canto esquecido da cidade.

— Acho que eu nunca tinha vindo aqui...

— Olha lá, ela já está lá! — Rose esperava-os na calçada — Olha lá o tamanho da saia!

Rose deu mais duas tragadas no cigarro, jogou a guimba no meio-fio, e entrou no carro. Os de dentro sentiram então um cheiro forte de perfume, nicotina e álcool.

— Bom dia.

Na estrada, fazia um dia bonito, e Geisa sentiu uma sensação boa, independente até mesmo do propósito da viagem. Até então, nunca haviam feito uma viagem assim, em família. Aquilo era bom, deixar a cidade para trás, sentir outros ares... A paisagem ensolarada incutiu uma influência positiva no humor de Geisa, e isso foi interpretado como um prenúncio de dias melhores, mais felizes, de uma vida nova que se aproximava.

Olhou para o banco de trás: Suzana e Rose irmanavam-se em um mesmo sono profundo, com a cabeça tombada para trás, as mãos pousadas sobre o colo. Virou-se para Geraldo:

— Olha só, dormiram as duas. E você, tá com sono, amor? Quer dar uma parada pra um café?

— Por enquanto, não.

— Pois em mim está me dando um sono...

✳ ✳ ✳

Quando despertou — a ansiedade não a tinha deixado dormir direito na noite anterior, por isso mergulhara num sono profundo durante a viagem —, acabavam de estacionar o carro em frente ao Tifanys.

— Chegamos. Foi aqui que a gente trabalhou junto.

Já era noite em D..., umas oito ou nove horas, com certeza. As luzes dos postes na avenida ofuscavam as estrelas no céu escuro. De quando em quando, espocavam já algumas explosões adiantadas, prenunciando a grande queima de fogos da noite do *réveillon*.

Aturdida pelo recém-despertar, Geisa foi a última a descer do carro, e viu que Rose já havia iniciado uma conversa com o segurança à porta. Por sinal, o homem não sabia de nada:

não conhecia Rose ou ninguém com o nome de Karina na casa, e a dona do estabelecimento também não se chamava Sofia.

— A gente pode entrar pra dar uma olhada aí dentro?

O segurança hesitou:

— Vou ter que falar com a dona. Só um momento...

Voltou com uma mulher morena e muito magra; os cabelos pretíssimos, lisos, caíam-lhe sobre os ombros descarnados:

— Pois não?

— A gente está procurando uma pessoa. Será que a gente poderia dar uma olhada aí dentro?

No olhar da mulher, a desconfiança aumentou.

— Que pessoa?

— O nome dela é Karina. É minha filha.

— Que eu saiba, aqui na casa não tem ninguém com esse nome não.

— Mas será que a gente poderia dar uma olhada?

A mulher então foi firme:

— Olha só, eu vou deixar vocês entrarem, mas eu não quero saber de barraco aqui na casa não, viu? Se vocês tiverem que resolver alguma coisa com alguém, não vai ser dentro do meu estabelecimento não, viu? Por favor.

✳ ✳ ✳

No interior do Tifanys, estava presente o clima de Réveillon.

No momento exato em que adentraram a casa, em uma das primeiras mesas, abria-se um champanhe. Foi numa mesa com uns quatro rapazes, acompanhados por quatro ou mais garotas, todas com pouquíssima roupa. Ao barulho festivo da rolha saltando com a pressão do gás, as mulheres gritaram com estardalhaço. Em seguida, o rapaz que havia aberto o champanhe despejou uma dose sobre o busto de uma das garotas, e, em beijos sôfregos sobre a pele arrepiada, sorveu o líquido...

Em cada uma daquelas faces perdidas, Geisa procurou o semblante da filha Karina, em vão. Ela não estava mesmo ali.

Tristonha, encostou-se ao balcão. Voltou o olhar para Geraldo, que abaixou a cabeça, constrangido. Suzana aproximou-se, passou o braço sobre seus ombros:

— Mãe, vamos embora para casa. Rose, você vem com a gente?

Rose conversava com a menina do lado de dentro do balcão, querendo saber o preço das doses. Saíram.

— Gente, já que nós já estamos aqui, vamos dar uma passada lá onde eu morei com a Karina. Ela tinha ficado lá, quando eu fui embora.

× × ×

Na casinha de telhado meia-água, nos confins da periferia, luzes apagadas. Olharam por uma fresta do portão de aço: o mato havia tomado conta do jardinzinho da frente, mas as flores da maria-sem-vergonha despontavam ainda, heroicamente, resistindo embrutecidas na dura refrega por um lugar ao sol.

A estreiteza da casa comoveu Geisa, que rompeu em pranto.

Passaram ainda pela rua Sete de Setembro, onde as mulheres autônomas batiam o ponto, em alguns quarteirões próximos ao centro, ali na cidade de D...

— Dirija devagar, pra eu ver se eu consigo ver alguma conhecida...

Rose procurava com nostalgia algum rosto familiar, alguém dos tempos de outrora, e que pudesse dar notícia de

Karina. Andressa Goiana, Jaqueline, Sílvia... Nada. Ninguém! Por onde andariam? Ali na rua Sete agora só havia umas meninas novas, muito mais novas que na sua época, umas menininhas com um arzinho insolente. Sentenciou, consigo mesma: *Essas aí ainda vão apanhar muito na vida, e vão perder esse narizinho arrebitado...* Depois, teve um raciocínio triste: estava achando aquelas meninas muito novas, mas talvez ela é que estivesse ficando velha...

Aquele carro em marcha lenta passando seguidamente por ali acabou por chamar a atenção de um grupinho de mulheres, e uma delas encarou Geisa:

— Que foi, bem, tá admirando a minha beleza?

A mulher fez uma pose, deu em si mesma um tapa nas nádegas, as outras explodiram em riso.

Geisa fez uma cara ruim, e decidiu com firmeza:

— Geraldo, toca esse carro. Estamos perdendo o tempo aqui, vamos embora pra casa.

Um pouco antes de o menino William completar um ano de vida, Karina deixou com o agiota sua última joia — um anel de ouro com uma esmeralda incrustada, seu maior xodó —, e convidou Vicentina, que era sua faxineira e babá, para morar consigo no apartamento que alugava no centro da cidade de D...

Precisava dar um jeito de arranjar dinheiro, e alguém teria que cuidar do menino à noite. Quanto a isso, uma coincidência se encarregou de facilitar as coisas: Vicentina havia justamente acabado de se divorciar do marido e por isso aceitou o convite sem hesitação alguma, e sem pedir sequer um aumento de salário.

Ficaram assim combinadas, e Vicentina instalou-se em um dos quartos do apartamento. Enquanto isso, William crescia e engatinhava vigorosamente pela casa, mexendo em tudo, derrubando coisas. Era muito apegado a Vicentina.

Karina foi então pela segunda vez na vida procurar emprego no Tifanys, como uma das garotas da casa. Foi entrevistada pela Soraya, a nova dona do estabelecimento, a quem contou um pouco de sua vida: a chegada do interior, os tempos de garota na casa, a morte de Sofia, o negócio passando para suas mãos. Foi então que, justo nesse ponto, a mulher a interrompeu com rispidez, e começou a disparar insolências: que ela já havia passado um pouco da média de idade na casa, que estava meio fora de forma, que esse tempo em que ela tinha sido a dona ali havia ficado para trás, que ela tinha que colocar na cabeça que ali ela seria como qualquer outra menina da casa, sem privilégio algum, e que a regra ali era dura etc.

Pelo filho, Karina engoliu calada os desaforos e conseguiu a vaga.

Rotina de cabaré de novo: clientes enjoados, noites de casa vazia, fofoca, competição. Para fechar os programas, Karina apelava para a experiência: fala articulada, charme, jeito com o cliente. Foi se virando.

O difícil era aturar a Soraya. Saudades da Sofia...

✳ ✳ ✳

Durou pouco o retorno ao Tifanys.

Partiu para uma carreira independente, pescando clientes pelas choperias do centro, sentada sozinha numa mesa qualquer. Quando a coisa apertava, ia para a rua Sete de Setembro.

Como era triste a rua Sete, quando não se conseguia dinheiro! Os carros escasseavam, a noite esfriava, a mulherada debandava, sobravam os travestis — uma raça que parecia feita de pedra. Na madrugada erma, ressoava o canto da coruja...

✳ ✳ ✳

Quando Karina comunicou a Vicentina que naquele início de mês só poderia lhe pagar a metade do salário, ficando o restante, sem falta, para a segunda quinzena, surpreendeu-se com sua reação:

— Não tem problema, não, Karina, você me paga quando puder... Você sempre me ajudou muito aqui em D..., e agora uma mão lava a outra. E, se eu ficar morando aqui contigo, eu posso tentar arranjar também algum dinheiro por fora, e ajudar nas despesas... A gente vai se revezando, para tomar conta do William.

Dinheiro por fora... Sim, é isso, mas como eu demorei tanto a perceber?!, pensou Karina, compreendendo de chofre uma situação que se insinuava já há um bom tempo, debaixo de seu nariz. Depois do divórcio, Vicentina tinha abandonado o visual discreto e pudico de mulher religiosa, passando a vestir-se com ousadia: calças justas no corpo ainda muito jovem, saia curta, blusinha decotada, salto alto, maquiagem carregada... Desnorteada, apoiava-se no modelo da patroa!

— Que dinheiro por fora? Trabalhando em quê?
Vicentina fitou Karina com uma expressão determinada, em que parecia concentrar toda a sua energia e coragem, e abriu logo o jogo:
— Fazendo também uns bicos como acompanhante.
Karina fixou em Vicentina um olhar sombrio. Lembrou-se então do dia em que a havia conhecido, anos atrás, numa padaria movimentada do centro: à sua frente, na fila do caixa, uma jovenzinha morena, portando uma mala velhíssima, conversava com o dono do estabelecimento. Num sotaque carregado de nordestina, se oferecia para lavar os pratos, fazer uma faxina, qualquer coisa, em troca de um café e um pão com manteiga... Acabava de chegar de viagem, vinda de um lugarejo nos cafundós do Nordeste, onde fazia três anos que não chovia. O dono da padaria se condoeu: "Tá certo, minha filha, lave aqueles pratos ali, pra ajudar meu pessoal. Mas primeiro, coma alguma coisa... Zezão, sirva um café e um pão na chapa pra essa menina aqui...".
Nesse dia, Karina passou-lhe o número de seu celular, anotado num guardanapo de papel:
— Estou precisando de uma faxineira boa lá em casa, se você tiver interesse, dê uma ligada pra esse número aqui...
Recebeu a ligação já no dia seguinte. A simplicidade sertaneja de Vicentina transmitia confiança, e Karina adiantou-lhe meio salário, para que pudesse ir se virando na nova cidade. Ela parecia nunca ter pegado em tanto dinheiro, e trabalhava cantando, entoando uns cânticos evangélicos...
Alguns anos transcorreram, Vicentina arranjou um namorado — um rapazinho muito jovem também, trabalhador de carteira assinada na construção civil, mas que tinha o vício da bebida —, e Karina foi convidada a ser uma das madrinhas do casamento.

Agora, em pé ali no meio da sala, Vicentina continuava a encará-la, aguardando uma resposta. Parecia ansiosa por ver os desdobramentos de sua decisão, e dava mostras de ter no pensamento uma ideia fixa, que levaria até as últimas consequências.

— Você não sabe o que está falando. Essa profissão não é pra você, não — murmurou Karina com uma voz rouca.

— Você também não nasceu nessa vida, mas com o tempo, foi se acostumando... Eu também posso me acostumar...

✖ ✖ ✖

E acostumou-se mesmo, mais rápido do que se poderia imaginar, e depois de pouco tempo na nova vida, quis emancipar-se da função de faxineira, passando a dividir com Karina as despesas da casa.

Depois, essa divisão foi ficando cada vez mais desigual, pois as coisas teimavam em não andar bem para Karina. Até que, um dia, Vicentina propôs:

— Se você topar, você fica cuidando do William e da casa, meu dinheiro dá para nós, e se eu tiver mais tempo, posso faturar ainda mais...

Karina não aceitou:

— Não nasci pra ser do lar, não. Do meu dinheiro eu não abro mão.

De vez em quando então, de teimosa, Karina colocava uma roupa e saía pra bater o ponto na noite.

Voltava com o dia amanhecendo, sem dinheiro nenhum e caindo de bêbada. Nessas horas, despejava a frustração pra cima de Vicentina:

— Eu te tirei da sarjeta, pra você não passar fome, mas agora você me olha com o narizinho empinado...

✳ ✳ ✳

Numa manhã de domingo, ao fazer uma arrumação em um armário na área de serviço, Karina encontrou uma garrafa de uísque doze anos, lacrada ainda — um resquício dos tempos de abonança.

A garrafa se encontrava na seção mais alta do armário, num canto do fundo, numa posição visível somente a quem subisse em uma escada portátil, como aconteceu naquele dia. Além disso, estava por trás de uma infinidade de coisas velhas e sem uso, que Karina precisou ir retirando aos poucos, subindo e descendo da escada, várias vezes. Ao fim, por trás de uma pilha de panos de chão encardidos, o marrom dourado do uísque apareceu, destacando-se vivamente sobre o fundo branco do armário.

Karina pegou a garrafa e contemplou-a com nostalgia e desejo: fazia já um bom tempo que bebia somente caipirinha, e feita com o mais ordinário aguardente que havia no supermercado. Desceu da escada, pegou uma forma de gelo no congelador, colocou duas pedras em um copo, e serviu uma primeira dose. O gelo estalou ao contato com o uísque, Karina sorveu um primeiro gole e sorriu de prazer.

Iniciou então uma bebedeira pesada, mais intensa que de costume, ela que já vinha bebendo muito e diariamente. Colocou uma música no rádio e aumentou o volume... As doses se sucediam, loucamente.

Por volta de onze horas da manhã, Vicentina apareceu na cozinha, alvoroçada, já arrumada para sair. Encontrou Karina dançando, já um pouco bêbada:

— Oi, Vice, você acordou? Tome uma dose aqui comigo... — foi colocando umas pedras de gelo num copo, que parecia estar já à espera sobre a mesa. — Mas você vai aonde, arrumada assim a essa hora?

Vicentina agradeceu, mas recusou o drinque, apressada:
— Tenho um encontro com um cliente, estou já meio atrasada. Essa é a hora que ele tem disponível... Guarda pra quando eu voltar.

✷ ✷ ✷

Mesmo sozinha, Karina continuou a festa.

O próprio sabor daquele uísque trazia-lhe lembranças de outrora. Então, fazendo-a mergulhar mais fundo nas recordações, a um dado momento o rádio tocou uma música...

Era uma música que ela havia coreografado, nos tempos de *stripper*. Karina correu para o quarto, pôs-se em frente ao espelho, e começou a dançar... Em poses provocantes, foi se despindo...

✷ ✷ ✷

Acabada a música, do quarto ao lado chegou-lhe o choro de William. Karina vestiu novamente a roupa — para não perder o equilíbrio, precisou apoiar-se com um braço à parede — e foi até lá:

— Oi, meu amor, você já acordou? Você quer vir com a mamãe, não quer?

À vista da mãe, o menino interrompeu o choro, pôs-se de pé agarrando-se às grades do berço, depois estendeu-lhe a mãozinha tenra, pedindo colo. Karina tomou-o nos braços, colocou-o no carrinho, e em seguida preparou-lhe uma mamadeira, que foi recebida com sofreguidão. Depois deixou-o com uns brinquedos sobre o piso da cozinha, para que se movimentasse um pouco, e sentou-se à mesa, em frente da garrafa de uísque.

O piso da cozinha era novidade para o menino, que achou graça de colocar-se de pé, apoiando-se no armário da pia. Estava aprendendo a aprumar-se, e sempre que o conseguia, compartilhava essa pequena vitória com a mãe, lançando-lhe um sorriso que a encantava.

Entretanto, a um dado momento, um ressaibo repentino da embriaguez amargou a boca de Karina, que achou por bem beber um pouco de água. Cambaleando, foi até o filtro de barro, que ficava sobre uma cantoneira de granito, engastada num canto da parede. Engatinhando, William acompanhou-a, depois se agarrou a suas pernas e pôs-se de pé.

Da torneira do filtro, porém, saía apenas um fiozinho preguiçoso de água, e Karina então tentou incliná-lo, para aumentar a vazão. Exagerou, porém, na força, e o filtro despencou então em queda livre...

CAPÍTULO 10
REENCONTRO

O retorno de Karina à cidade de G... não consistiu em um evento causador de grande sensação ou rebuliço no bairro, sequer nos quarteirões mais próximos da casa onde se criara e ainda viviam sua mãe, sua irmã e seu padrasto.

Ocorria que, entre sua partida e seu regresso, um lapso consideravelmente longo de tempo transcorrera, um tempo longo o suficiente para esmaecer lembranças e alimentar o esquecimento, e o espetáculo teatral que foi sua expulsão de casa já não rendia mais assunto para fofoca, há muito tempo.

A própria vizinhança da casa se renovara, e a inauguração de um condomínio popular nas proximidades — com dez prédios dispostos em duas fileiras de cinco, tendo quatro andares cada um e oito apartamentos cada andar — aumentara muito a população do bairro, e o povo já não se conhecia mais como antigamente. Até mesmo a feição geral das fachadas das casas sofrera mudanças, adaptando-se forçosamente aos novos tempos de criminalidade alta: os muros subiram em altura, as casas fecharam-se em si mesmas num hermetismo resignado, e as conversas de portão diminuíram muito.

Quanto aos vizinhos antigos, aqueles que ainda residiam nos endereços mais próximos da casa, e que presenciaram o dia em que Karina sumiu da cidade rumo a um destino desconhecido, não chegaram a testemunhar seu retorno, o dia em que ela novamente pisou o cimento escurecido daquela mesma calçada.

Chovia torrencialmente, quando o táxi estacionou em frente da casa. Com o coração aos pulos, para se fazer ouvir entre o estrondo dos trovões, Karina bateu com a mão espalmada na chapa de aço do velho portão, seguidas vezes...

✳ ✳ ✳

Se não fosse mãe, ao abrir aquele portão debaixo do temporal, Geisa não teria reconhecido Karina, tamanha havia sido a transformação ocasionada pela perda do filho William.

Corriam então dois meses desde o dia do acidente doméstico com a queda do filtro de barro. Karina emagrecera muito, e entre todas as mudanças que a perda de peso acentuada e repentina pode causar à aparência de uma pessoa, em sua face destacavam-se dois vincos profundos, diagonais, que agora se postavam perenemente entre as maçãs do rosto e a boca. Esses dois vincos, num primeiro momento, magnetizavam o olhar de qualquer pessoa que houvesse conhecido Karina em tempos mais felizes, mas depois de alguns minutos, outros detalhes começavam também a merecer a atenção: haviam lhe surgido também sulcos na testa, a boca parecia ter murchado e perdido o viço, e havia ainda a palidez — uma palidez triste e doentia, de pessoa naturalmente morena, mas que houvesse desbotado pela falta absoluta de contato com o sol.

Os cabelos, encharcados pela chuva, divididos ao meio da cabeça em duas bandas que lhe caíam desgraciosamente sobre os ombros, denotavam o descuido com a aparência: precisando de pintura, expunham junto ao couro cabeludo a multiplicação dos fios brancos, um fenômeno que parecia haver lhe ocorrido de chofre, quase da noite para o dia, como na transmutação apavorante de Dorian Gray, após o fatídico rasgar do retrato.

E a um canto da testa, mal-escondida sob a franja do cabelo, a cicatriz da garrafada sobressaía vivamente, como uma tatuagem do destino...

Sob o clarão dos relâmpagos, mãe e filha abraçaram-se longamente. Depois, correram para dentro de casa.

✳ ✳ ✳

Ao chegar em casa, de volta do trabalho, Suzana encontrou Karina já sentada à mesa, de banho tomado, bebendo café.

— Meu Deus do céu!

Abraçaram-se. Sentada ao lado de Karina, de quem segurava as mãos, Suzana chorava copiosamente, um choro que mesclava a felicidade — por reencontrar, enfim, a irmã — à estupefação em ver o estado de abandono a que chegara.

De sua parte, Karina parecia alegrar-se um pouco, esquecida talvez, pela primeira vez, de seus sofrimentos recentes:

— Você está tão bonita! Cadê o namorado?

Suzana respondeu entre as lágrimas:

— Não tenho.

— Pois bonita desse jeito, você vai arranjar logo logo um homem bonito e rico.

Suzana riu, satisfeita: — E você, tem namorado?

— Quem, eu? Que nada.

Sentada à mesa, Geisa comentou:

— Ela agora vai ser doutora. Advogada.

Karina apertou as mãos da irmã:

— É mesmo? Parabéns! Você merece.

A alusão à formatura que se aproximava empolgou Suzana:

— Mãe, não tem uma cerveja gelada aí? Eu quero brindar ao retorno da minha irmã!

✳ ✳ ✳

Brindaram e comemoraram, com a família, enfim, refeita. E nos instantes que se seguiram àquele retinir de copos, sentia-se no coração que o grande dia havia chegado, e que

— mesmo que somente por algumas horas — uma felicidade imperturbável haveria de visitá-las naquela casa.

Suzana estava radiante. Pressentindo que algo muito grave devia certamente ter acontecido à irmã, procurava distraí-la contando casos engraçados: histórias da faculdade, fofocas de bairro, namoricos cômicos de bailes, coisas de tempos já passados. Depois de cada caso, sondava de viés a reação da irmã: Karina esboçava sempre um meio sorriso formal, contido, acompanhado por vezes de algum comentário breve ou interjeição, o que deixava transparecer a intenção de manter-se na posição de ouvinte, sem assumir uma voz ativa que trouxesse o foco da conversa para assuntos de sua própria vida.

Geisa também participava pouco do bate-papo: a partir de certo momento, pusera-se ansiosa e aguardava com impaciência a chegada de Geraldo, apreensiva com a iminência de seu reencontro com Karina.

Quando Geraldo enfim chegou em casa — muito cansado e com a roupa encharcada —, pareceu dar mostras de sensibilidade aos receios da mulher. Cumprimentou Karina com um aperto de mão cordial, e depois, de banho já tomado, sentou-se em uma cadeira ao lado de Geisa e ali permaneceu, o que a acalmou consideravelmente.

Ademais, a festinha que começaram de improviso ia já perdendo um pouco da animação. Era uma terça-feira. A eloquência de Suzana parecia ter perdido a força, e com a aproximação da meia-noite, as preocupações da rotina começavam a retomar espaço. Além disso, precisavam arranjar acomodação para Karina. Sua antiga cama nunca fora desmontada, mas com o tempo, foi sendo entulhada pelas coisas de Suzana, que agora teriam que ser removidas para outro lugar:

— Suzana, libera a cama lá da sua irmã.

Entretanto, Karina — a família tinha reparado que ela bebia com grande avidez, em talagadas profundas que consumiam um terço de copo —, a essa altura, se encontrava já visivelmente embriagada. Em busca talvez de uma roupa para dormir, pôs-se a remexer dentro da mala. Para facilitar a busca, foi dispondo algumas peças sobre o sofá, quando suas mãos, inadvertidamente, encontraram um sapatinho de bebê.

— Que sapatinho de bebê é esse?! — perguntou de imediato Geisa.

Os sapatinhos continuavam nas mãos de Karina, que abaixou a cabeça, escondendo o rosto. Lágrimas pesadas pingaram então sobre o piso, e Geisa se levantou da cadeira:

— Que foi, minha filha?

Karina então rompeu em pranto. E as palavras entrecortadas por soluços formavam sempre uma única frase, numa fixação angustiante:

— Ele estava empezinho, agarradinho à minha perna...

✳ ✳ ✳

Rose e Karina se reencontraram na praça da igreja matriz, num dia de meio de semana, numa tarde modorrenta de muito calor na cidade de G...

Nos últimos tempos, acontecia com frequência de Rose passar horas a fio vagabundeando naquela praça, sob a sombra das árvores. Fizera amizade com os aposentados que ficavam por ali, e, com eles, havia se acostumado a passar o tempo, participando das partidas de dominó ou de damas, ou simplesmente deixando-se estar, escarrapachada num banco, curtindo a preguiça, com o corpo amolecido pelo calor, uma garrafa de refrigerante mal segura em uma das mãos.

Os aposentados apreciavam muito sua companhia, que chegava a ser disputada algumas vezes. Por conta da semelhança, um tanto duvidosa, com uma personagem cômica da novela das nove, apelidaram-na de "Fabi", o que a agradava muito porque achava a atriz bonita.

— Fabi, comprei um picolé para você. Vem cá, senta aqui...

Picolés, salgados, refrigerantes, churros, cigarros. Tudo isso Rose conseguia com facilidade na praça, o difícil era conseguir dinheiro, porque os aposentados quase nunca se aventuravam a fazer programas.

Uma das poucas exceções era Seu Jeremias, com quem Rose vinha a contragosto se enredando, mais e mais. Ele não frequentava aquele grupo da praça, mas aparecia de vez em quando em busca de Rose:

— Ihhh, olha só quem vem chegando lá... Fabi, seu avô veio te procurar...

Jeremias chegava de cara meio amarrada, não cumprimentava os outros:

— Rose, vamos dar uma volta?

— Volta aonde?

— Por aí, tomar uma cerveja.

Rose acabava indo, mas sentia sempre um sentimento de derrota. Não fosse pela extrema necessidade, passaria sempre à distância de um cliente ruim daqueles... Mas até mesmo a compensação do dinheiro estava ficando difícil com Jeremias, que passava por um momento de aperto financeiro, há tempos sem receber o pagamento da usina pelas terras que arrendava. A decadência resvalava em Rose: da última vez, na hora de pagar o motel, o cartão de Jeremias não quis funcionar, por conta do limite de crédito estourado. Jeremias catou umas notas que tinha no bolso, a soma não dava, e sobrou para Rose, que acabou recebendo pela metade.

Era um cliente complicado, perverso, bruto, explosivo, de quem Rose sentia medo e nojo. E ele agora andava sozinho, pois nem o Chico da Ventura o aguentava mais, de tão insuportável. A cidade inteira o evitava.

Da praça, rumavam sempre para algum boteco na periferia. Pra acabar logo com a garrafa de cerveja, Rose emborcava os copos:

— Vamos lá fazer o programa então?
— Mas que pressa é essa agora? Vamos beber mais uma...

✳ ✳ ✳

Após contar à família sobre a morte do filho, Karina passou um mês inteiro praticamente sem sair da casa da mãe. A aparência fragilizada, o olhar tristonho e distante, o descuido com a beleza — os fios brancos do cabelo se multiplicaram ainda mais — atestavam a precariedade de suas condições, e a família deixou-a ficar como bem entendesse, como uma pessoa doente de quem não se pode exigir muita coisa.

De vez em quando, uma ou outra visita aparecia. Pediam para ver Karina, ao que Geisa respondia invariavelmente:

— Ela está no quarto. Vou ver se ela não está dormindo, só um minutinho.

Geisa ia até o quarto, e depois:

— Ela disse que já está vindo aí.

Depois de alguns minutos, Karina irrompia então na sala. Assustava como uma aparição: a visitante estupefata não conseguia se furtar a alguns segundos de um silêncio constrangedor, para só depois se levantar do sofá e cumprimentá-la. Karina respondia sempre com uma cordialidade triste, a voz sumida, um aperto de mão frouxo, um beijo que não estalava.

Até que um dia — assistiam à novela na sala, num silêncio quase absoluto —, Karina pediu a Suzana um dinheiro emprestado, para o salão de beleza, pois queria cortar e pintar os cabelos.

— Tenho sim, claro... Mas demorou, hein?!
— Depois, vou procurar serviço e lhe pago.
— Imagina!

No dia seguinte, foram juntas ao salão que Suzana frequentava:

— Ju, essa é minha irmã.
— Nossa, que diferente de você.

Curiosíssimas, as clientes do salão assistiam ao trabalho da cabeleireira: primeiro o corte, repicado e com franjas como gostava Karina, depois a tinta, preta e espessa, aplicada com um pincel largo no cabelo puxado para trás.

— Ficou linda. É outra pessoa agora.
— Mas ela é linda; só estava precisando de um trato.

De fato, ao sair do salão, Karina parecia ter rejuvenescido uns dez anos. Em casa, deu sequência à transformação: trocou a calça de moletom por uma saia estampada, a sandália de borracha por uma de salto alto, e maquiou-se.

— Mãe, onde eu pego um ônibus pro centro?

Incomodada com essa mudança de visual, Geisa olhou-a com desconfiança:

— Fazer o quê no centro?
— Vou procurar serviço.

✳ ✳ ✳

Estava falando a verdade, e chegando ao centro, foi de porta em porta no comércio, procurando uma vaga de emprego.

Ao final do dia, acabou conseguindo colocação na padaria Torre de Pisa, um estabelecimento decadente e com ares de boteco, afastado umas três ruas da praça da matriz. Numa rápida entrevista com o proprietário — um sujeitinho de fala mansa e afetada —, recebeu algumas informações sobre a vaga, que era para início imediato: começaria em período de experiência de três meses, o salário era modesto, mas podia melhorar caso ela mostrasse serviço, o expediente começava às seis da manhã, e os funcionários se revezavam nos finais de semana.

Na manhã seguinte, na hora de despertar, parecia chumbada à cama. Geisa quase precisou derrubá-la:

— Karina, acorda! Eu fiz um café, para você despertar.

Soergueu-se na cama, penosamente. Suzana, que já estava de pé, achava graça:

— Acorda, Bela Adormecida, acabou a vida boa...

Chegando à padaria — que de manhãzinha tinha muito movimento —, começou por uma pia entulhada de louça suja, que as colegas haviam deixado na noite anterior. O proprietário passou-lhe mais algumas instruções:

— Aqui vocês têm direito a dois lanches, por conta da casa, um no meio da manhã, outro no meio da tarde, com suco. E me parece que com você eu não vou ter problemas nesse sentido, mas uma coisa que eu não tolero aqui, Karina, é funcionário que bebe — avisou, realçando essa intolerância com uma gesticulação enfática das mãos.

Nesse mesmo dia, porém, Karina reparou que o padeiro — um homenzarrão branco, de antebraços peludos —, mesmo de manhã, já recendia a álcool. Dias depois, durante o almoço, ao comentar isso com as colegas — que riram —, ficou sabendo da história:

— O Luisão é o melhor padeiro da cidade, mas tem esse problema com a bebida. Quando ele chega aqui, de madrugada, já começa a beber, da garrafa de cachaça que fica trancada no armário dele lá no vestiário. Quando o Seu Alcides comprou a padaria, há uns dez anos, ele já trabalhava aqui, para o homem que vendeu. Segundo dizem, o Seu Alcides já o mandou embora uma vez por causa da bebida, mas, depois de um mês, teve que contratá-lo de volta, porque o povo não gostou do pão do outro padeiro, e a freguesia sumiu...

※ ※ ※

De fato, algum tempo depois, ao buscar um tabuleiro de pães de queijo na cozinha, Karina deu pela falta de Luisão. Olhou em torno da cozinha ampla: na extremidade da mesa de panificação, branca de farinha, um rádio velho transmitia a voz aveludada de um locutor, falando pra ninguém. Cuidadosamente, subiu então os degraus da escada que dava para o vestiário, e encontrou a porta aberta.

Surpreendeu o padeiro em flagrante, virando uma dose num copo americano:

— Te peguei no flagra! — disse, com uma expressão marota.

Luisão esboçou um sorriso sem graça, mas Karina então falou baixinho, e com uma voz doce:

— Deixa uma dosinha escondida aí pra mim...

Luisão ficou surpreso, mas depois olhou rapidamente em volta, procurando no vazio do vestiário um lugar onde pudesse ocultar o copo. Seu olhar se fixou na estátua de Nossa Senhora Aparecida, sobre a cantoneira de granito:

— Vou deixar ali, atrás da santa.

— Isso, deixe ali atrás da santa. Assim a dose vai ficar abençoada...

✳ ✳ ✳

Desse dia em diante, sempre que Karina aparecia na cozinha para buscar alguma coisa, Luisão lhe dizia na surdina:
— Deixei uma dosinha pra você lá, daquela abençoada.
Depois da terceira ou quarta dose, Karina aferrava a mão ao corrimão, na descida da escada:
— Segura, peão!

✳ ✳ ✳

Foi demitida depois de dois meses, sem terminar nem o período de experiência.
Em casa, num primeiro momento, não teve coragem de informar a família sobre a demissão. No dia seguinte, chegou mesmo a despertar de manhãzinha, e pegou o ônibus pro centro como se nada houvesse acontecido.
Rodou novamente o comércio, procurando outro emprego. Nada. Perdeu a paciência:
Quer saber de uma coisa? Eu vou é tomar uma cerveja, e parou em um boteco da praça.
Só ela bebendo, àquela hora. *Que se dane!*, pensou alto, descansando a perna sobre uma cadeira. Passeou o olhar pelas lojas em torno, todas com pouquíssimo movimento ou mesmo vazias, depois fixou a atenção no meio da praça, onde alguma questão estava alvoroçando o grupo de aposentados, que conversavam e riam, ruidosamente. Apurou as vistas: alguns portavam latinhas de cerveja nas mãos. E, entre eles, uma mulher...

Observou o grupo mais atentamente. Para aqueles homens já carregados de anos — cujo vigor um dia ardera intensamente, restando hoje no máximo uma cinza morna — a mulher, muito jovem por comparação, trazia uma alegria fugaz: em lugar, talvez, dos remédios, eles bebiam cerveja e se divertiam, uma vez ainda.

Karina reparou então na mulher, que vivia seus momentos de miss paparicada: era uma morena forte, de baixa estatura mas com uma compleição sólida e desempenada, e com tatuagens grandes pelo corpo. Parecia familiar...

✵ ✵ ✵

Atravessou a rua e foi até o meio da praça. Estacou diante do grupo de aposentados, a meia distância de Rose, que conversava um pouco mais à frente, defendendo fervorosamente — sabe-se lá por quê — seu ponto de vista em um debate sobre amor e traição:

— Eu acho que enquanto o marido está pulando uma cerca, a mulher já pulou várias, e há muito tempo!

— Que é isso, Fabi. Então você acha que a mulher trai mais que o homem?

— A mulher trai muito mais. Sempre traiu — sentenciou solenemente.

Risos. Mesmo ao ouvir "Fabi" em lugar de "Rose", vendo agora de perto as tatuagens, Karina não teve dúvidas: era ela!

— Oi Rose. Lembra de mim? — disse timidamente.

Em meio à algazarra de vozes, e um pouco afastada, Rose não ouviu. Um aposentado que estava mais próximo transmitiu a mensagem, elevando a voz:

— Fabi, tem uma amiga sua te chamando ali.

Rose então voltou a cabeça, com uma expressão interrogativa. Enquanto se esforçava em reconhecer Karina, um tanto desconfiada, veio se aproximando. Quando estava a dois passos, abriu finalmente um sorriso:

— Gente, mas é você? Pois eu quase não te reconheci... Abraçaram-se.

— Você mudou, emagreceu! Fez regime, não fez? Que chique!

Karina convidou:

— Vamos tomar uma cerveja ali comigo?

— Podemos ir, mas só que eu não tenho nem um real aqui comigo.

— Não tem problema, essa é por minha conta. Para relembrar os velhos tempos!

✳ ✳ ✳

Passaram a se encontrar quase todas as tardes na praça. Ficavam por ali. Com a chegada da noite, mudavam de ponto, para o quarteirão das choperias na avenida principal. Flertavam ousadamente com os forasteiros, viajantes a trabalho na cidade, que elas distinguiam pelo sotaque diferente. Quando a coisa dava resultado iam parar no hotel Damasco, uma quadra para baixo, onde estabeleceram um esquema de gorjeta com o pessoal da recepção.

Algumas vezes, iam juntas com um mesmo cliente. Tomaram até gosto nisso, e propunham promoções:

— Pague mais um pouquinho, e você vai com nós duas... Vai ser inesquecível.

✳ ✳ ✳

Essa atuação em dupla fez alguma fama na cidade, por algum tempo. Entre os homens, para apimentar a história, inventou-se que as duas só faziam o programa juntas, de modo que quem quisesse ficar com uma, tinha que levar também a outra:

— Será que você vai dar conta?
— Vou! Nem que eu tenha que tomar um comprimidinho!
— Pois para mim elas não servem. Juntando as duas, elas não valem uma...

Pouco tempo depois, perdeu-se o efeito de novidade. Noites tristonhas sobrevieram. E foi ao fim de uma semana de escassez, num final de noite melancólico em que o garçom juntava já as cadeiras na última choperia aberta, que Jeremias cruzou pela última vez o caminho de Rose.

CAPÍTULO 11
A FACA SERRILHADA

Estavam já em princípios do outono e a primeira frente fria do ano, advindo inesperadamente no comecinho da noite, pegara o povo desprevenido no quarteirão das choperias, com o *happy hour* da sexta-feira caminhando para o apogeu. O vento frio e cortante, vindo do continente polar nos confins do Sul, encontrava na avenida um canal propício e ganhava mais força, enrijecendo os dedos e estragando um pouco o prazer da tulipa de chope.

Nas choperias, baixaram toldos de proteção, que tolhiam a visão da rua e geravam sensação de confinamento, mesmo nas mesinhas dispostas em plena calçada. Mas o vento penetrava pelos vãos, sacudia os toldos, assoviava...

Não demorou, o povo começou a debandar, com as mulheres — com os ombros nus e as pernas enregeladas sob as saias estampadas de verão — tomando a dianteira. Num piscar de olhos, a clientela masculina passou a predominar nas mesas, fazendo a noite parecer promissora para Karina e Rose, que bebiam a um canto, uma cerveja que não sabiam ainda como iriam pagar.

× × ×

Rose achou que o momento era bom, e se animou por um instante:

— É hoje que eu tiro a barriga da miséria...

Em certo grau — Rose tinha lanchado um pão com mortadela, algumas horas antes — a frase carregava um sentido figurado e dizia respeito mais a dinheiro que a comida, mas Karina interpretou-a ao pé da letra:

Será que ela não almoçou?, pensou, olhando Rose por um momento. Ela própria teve almoço feito pela mãe em casa, mas ficou ciscando a comida no prato e não comeu quase nada por causa da ressaca. À tarde, havia chupado um picolé e só. Agora a fome começava a chegar a ela, que considerava que havia almoçado: *Se eu estou com fome, imagina então como deve estar a Rose!*

Olhou ao redor: mais da metade das mesas já não tinha mais ninguém. Em outras, acertava-se a conta. O movimento tinha já enfraquecido sensivelmente, mas nas mesas que persistiam ocupadas — como uma reação involuntária ao vazio que se instalava, ou talvez por pura embriaguez —, tinha-se elevado o tom de voz. Em lugar do burburinho contínuo, ecoavam frases soltas.

Passou pela mesa um rapaz, com uma pulseira de ouro, a caminho do banheiro. Rose arriscou um trocadilho ousado:

— É esse aí, Karina, o gato que vai pagar uma cerveja pra gente...

O rapaz olhou-as de esguelha, e respondeu dirigindo-se não a elas, mas a um pessoal numa mesa mais próxima:

— Vocês estão vendo? Quanto mais eu rezo, mais assombração me aparece...

Explodiram algumas risadas, e Rose fechou a cara. Mas Karina parecia alheia à cena, e mirava a entrada da choperia, com um brilho de esperança no olhar:

— Rose, olha lá aquele cliente seu que é fazendeiro...

Rose olhou com indiferença para Jeremias, que havia acabado de chegar e se encostara ao balcão, sondando as mesas:

— Fazendeiro? Eu nunca vi isso, fazendeiro duro...

✖ ✖ ✖

Foram os últimos a saírem da choperia, que naquela noite fechou mais cedo que de costume.

Jeremias pagou a conta inteira, com dinheiro vivo e sem titubear, surpreendendo a expectativa de Rose. Ao redor, satisfeitos por estarem deixando o trabalho antes do previsto, os garçons empilhavam as mesas.

Saíram à rua, que parecia um deserto batido pelo vento. Mas era cedo ainda, umas dez da noite, e Jeremias quis beber mais alguma coisa no Bar da Curva, que não fechava nunca.

Chegando ao bar, por conta do frio, ocuparam uma mesa do lado de dentro e mudaram da cerveja para o uísque.

Karina parecia à vontade, mas Rose queria acabar logo com aquilo. Num momento em que Jeremias foi ao banheiro, conversaram às pressas:

— Karina, vamos botar pressão pra ele fechar um programa com a gente lá no Damasco, que hoje ele está com dinheiro!

— Mas por que a pressa? O uísque está tão bom...

— O uísque está bom?! Você é que não conhece esse homem, ele é ruim que só! Vamos terminar com isso logo...

Com efeito, como se tivesse ouvido a conversa e quisesse confirmar o perfil traçado por Rose, assim que retornou do banheiro Jeremias começou a mostrar-se cruel e sarcástico. Conversava com o dono do bar:

— Claudionor, olha só as mercadorias que eu arranjei hoje... Olha essa aqui — passava a mão nos ombros magros de Karina — que linda, que parece que faz um ano que não vê comida!

Depois, reparou em Rose:

— Em compensação, olha essa aqui, que pintura! O que falta em uma, sobra na outra...

Enquanto falava, quis agarrar as banhas da barriga de Rose, que se debruçavam sobre a cintura da saia, mas levou um tapa na mão.

— Olha só, e essa ainda é brava!

Rose se levantou da cadeira. Mordia os lábios e ofegava de raiva. A voz lhe saiu entrecortada e trêmula:

— Você não é obrigado a andar comigo. Chega dessa palhaçada, eu vou para casa — falou, pegando a bolsa e saindo.

Jeremias contemporizou:

— Vem cá, menina, só estou brincando! Você não aceita brincadeira? Vem cá, que daqui a pouco nós vamos dar um pulo lá no hotel...

A essas últimas palavras, Rose — que havia disparado pela calçada, pisando duro na direção do centro — estacou imediatamente. Pôs-se imóvel: refletia e hesitava.

Jeremias saiu à calçada:

— Volta aqui, Rose, eu já estou pedindo a conta. Claudionor, bota mais uma saideira, e vê quanto deu aí pra mim...

Assim que chegaram ao hotel, ainda no balcão da recepção, Jeremias encomendou um jantar. Não queria sanduíches: queria arroz, se possível feijão, e bifes. Com o avançado da hora — tinham já entrado na madrugada —, o rapaz da recepção informou que precisaria perguntar à cozinheira se haveria a possibilidade. Jeremias estendeu-lhe uma nota de vinte:

— Aqui, esse é um café pra você.

— Só um momento, vou interfonar lá na cozinha.

Pelo interfone, iniciou-se uma discussão: a cozinheira parecia relutar, mas o rapaz insistia, e argumentava. Jeremias interveio:

— Fale pra ela vir aqui, que eu quero conversar com ela.

Dos fundos, com um ar desconfiado, veio a cozinheira.

— Qual o seu nome, minha filha?

— Conceição.

— Conceição, faça um arroz novo pra nós, a gente espera. Tome aqui um café pra você — e estendeu-lhe também uma nota de vinte. Depois, voltando-se para o rapaz: — Pra agora, vou querer também uma garrafa de uísque com marcação de nível, e um daquele baldinho de gelo.

✖ ✖ ✖

Chegando ao quarto, Jeremias sentou-se à cama e foi tirando as botas:

— Vamos todo mundo tirar a roupa, e beber mais um uísque pra esquentar o clima.

— Mas você pode deixar logo o cachê com a gente?

Mal haviam se despido, bateram à porta: chegavam já o uísque e o gelo. Karina foi abrir, com uma toalha sobre o corpo.

Servido o uísque, Jeremias sentou-se à cabeceira da cama, ligou a televisão, e absorveu-se a tal ponto em um filme que começava, que Rose e Karina puseram novamente a roupa e sentaram-se à sacada do quarto, que tinha vista para a rua.

Karina cutucou Rose, apontou Jeremias e fez uma cara de interrogação.

— Esse homem é doido, ele não regula bem não — respondeu Rose. — Ainda bem que ele já pagou a gente. Por mim ele pode ficar vendo esse filme aí, que eu só estou esperando esse jantar que ele pediu, e, daqui a pouco, eu vou é embora, que o meu tempo é dinheiro...

※ ※ ※

O jantar, porém, demorou a chegar, e as doses sucessivas de uísque, associadas a um jejum de mais de dez horas, derrubaram as mulheres: na sacada, Karina debruçou a cabeça sobre a mesinha de plástico, e fitou a rua. Em frente, dançavam as luzes do posto de gasolina... Adormeceu.

Rose cochilou também, sentada, com a cabeça pendente sobre o peito. Mas foi despertada por uma golfada de vômito, que lhe caiu entre os pés. Correu para o banheiro, ajoelhou-se, pôs as mãos sobre o vaso...

Esgotado o vômito, no banheiro ainda, sentou-se com as costas apoiadas à parede. Caiu num sono profundo...

※ ※ ※

Despertou com um barulho de confusão. Correu ao quarto: Jeremias esbofeteava Karina, que jazia inerte na cama, entorpecida de embriaguez.

— Agora você vai ter que acordar, sua vagabunda! Ou eu vou ter que bater com a mão fechada? — Jeremias então ergueu o punho...

Rose pulou-lhe sobre as costas, passando-lhe os braços em volta do pescoço, mas foi repelida brutalmente com uma cotovelada nas costelas. Caiu ao chão, com um gemido surdo.

— Ah, você acordou? — Jeremias arrastou-a para a cama, jogando-a ao lado de Karina. Em seguida, pulou-lhe em cima... Segurando-lhe os braços, beijava-a no pescoço...

Rose se debatia, mas era inútil. Olhou em volta: sobre o criado mudo, um prato com um resto de comida, um garfo e uma faca serrilhada, de ponta.

— Tudo bem, eu faço o que você quiser, não precisa me bater — disse, impondo à voz um tom doce, no rosto crispado de dor (as costelas lhe ardiam da cotovelada).

Esperou que Jeremias afrouxasse a guarda — os beijos iam se tornando sôfregos — e estendeu o braço na direção da faca... Segurou-a firmemente... Então, num golpe súbito, enfiou-a em seu pescoço, e deu um puxão, cortando a artéria.

Em seguida, empurrou-o e desvencilhou-se.

Jeremias tombou ao chão. Com os olhos esbugalhados de terror, pôs as mãos sobre o ferimento, num gesto instintivo...

Com a faca ainda na mão, Rose pulou-lhe em cima:

— Toma, toma, toma!!!

✖ ✖ ✖

Quando parou de esfaquear o corpo já inerte de Jeremias, Rose tinha a respiração ofegante. Então, montada ainda sobre o cadáver, quedou imóvel por um instante, caindo em si...

A situação, porém, demandava providências urgentes: a poça de sangue escorria em direção à porta, podendo facilmente passar para o corredor. Rose estancou-a com uma toalha, e correu ao banheiro.

Olhou-se ao espelho: tinha os olhos fundos, e a face lívida. A camiseta tinha muitos respingos de sangue. Despiu-se, e abriu o chuveiro. Tremia.

Terminado o banho — jogou a camiseta na lixeira do banheiro, e vestiu a jaqueta diretamente sobre a pele, fechando o zíper —, voltou ao quarto. Karina continuava adormecida. Sacudiu-a firmemente, falando em voz baixa:

— Karina, vamos embora daqui! Karina!

Nada. Karina continuava adormecida, com as mãos pousadas sobre o peito, um ressonar tranquilo na expressão inocente...

Rose enfiou a mão num bolso da calça de Jeremias, e puxou o conteúdo para fora: notas de cem, irisadas e com o perfume de novas, saltaram em abundância...

✳ ✳ ✳

Súbito, ouviu um toque breve de sirene. Correu à sacada, e espiou a rua: um carro da polícia se aproximava já do hotel.

Por alguns segundos, continuou olhando para baixo, petrificada de pavor. Mas respirou aliviada: a viatura atendia a um chamado do posto de gasolina em frente, onde alguns rapazes faziam algazarra com os carros estacionados, bebendo e ouvindo música alta.

Que hora boa para eu me mandar..., pensou, voltando para o quarto. Respirou fundo, e abriu a porta: silêncio absoluto na penumbra do corredor. Saiu.

A cadeira estava vazia no balcão da recepção. Passou direto, mas na calçada deu de cara com o funcionário do hotel, que observava a cena que se desenrolava no posto:

— Tudo certo lá, Rose? Gostaram do jantar?

— Sim, estava uma delícia... Mas não estou passando muito bem, por isso vou para casa... Acho que exagerei no uísque.

O rapaz riu, e Rose seguiu caminho, rumo à saída da cidade.

✳ ✳ ✳

Os caminhões zuniam na banguela, naquele trecho da rodovia frente à cidade de G...

Rose chegou ao acostamento, caminhou até o final da descida, e seguiu um pouco pela subida que começava, até um ponto onde os caminhões começavam a perder o embalo.

Depôs a bolsa sobre o asfalto áspero. Gesticulando com o braço estendido, pediu carona...

※ ※ ※

Não demorou, encostou um caminhão, um pouco mais à frente. Rose correu até ele.
— Tá indo pra onde, moça?
— Com você eu vou pra qualquer lugar, amor.
— Sobe aí então...

※ ※ ※

A um canto do horizonte, despontava o sol. Pela janela da cabine, Rose lançou então um último olhar à cidade de G...
E era mais uma cidade que ficava para trás...

FIM

FONTE Merriweather e Cordelina
PAPEL Pólen Natural 80g
IMPRESSÃO Paym